Der Ein€uRoman(n)

Ulle Bowski

Roman

1. Auflage Juni 2010
Umschlaggestaltung: Elke Hotz / Ulle Bowski

Inge Reichardt Verlag
printyourbook
Fuggerstr. 2c
86836 Untermeitingen
www.printyourbook.de

Zum Glück bin ich nicht schizophren, sonst müsste ich zweimal aufstehen. Einmal um sieben und dann vielleicht noch mal um acht oder um neun. Je nachdem, welche Jobs ich hätte, wenn ich welche hätte. Ich habe aber keine, gar keine, nicht mal einen. Von meinem Bett aus schaue ich aus dem Fenster, draußen regnet es wie aus Eimern.

Heute habe ich mal wieder einen Termin bei meinem Arbeitsberater, der sich mittlerweile Integrationscoach nennt. Bei dieser Bezeichnung kommt mir unwillkürlich meine Integrationscouch in den Sinn. Ich bin ja seit Jahren in meine Couch integriert. Ich klebe dort förmlich fest, und wenn nicht dort, dann eben in meinem Bett oder im Park.

Mit der Energie einer Bleikugel stehe ich endlich auf. Es knirscht, die Arbeitslosigkeit hat Spuren hinterlassen. Bin vierzig Jahre alt. Das sind 14.600 Tage. Sind 350.400 Stunden. Sind 21.024.000 Minuten. Über 21 Millionen Minuten! Das muss man sich mal vorstellen!

Neulich habe ich fast zehn Minuten auf den Bus gewartet. Das sind 2,1 Millionen Busse, auf die ich bis jetzt hätte warten können. In zehn Minuten rauche ich locker zwei Zigaretten. Das sind 4,2 Millionen Zigaretten, die ich hätte rauchen können. Hätte ich schon seit meiner Geburt geraucht, was das gekostet hätte!

Seit ich also abwechselnd in mein Bett, in den Park oder auf meiner Couch voll integriert bin, spiegelt sich mein Leben in seltsamen Träumen oder Erscheinungen wider.

So ein Traum wie neulich wieder ...

«Durch die Zusammenführung der mächtigsten Länder Europas und die neu durchgeführte Euroarbeitsmarktanalyse wird es uns in naher Zukunft möglich sein, die gesamteuropäische Arbeitslosenquote auf ein Minimum zu reduzieren, von dem unsere Vorfahren nicht zu träumen wagten!», hallte es aus unsichtbaren Boxen. «Umschüler und diejenigen, die eine Arbeitsbeschaffungsmaßnahme vorweisen können, reihen sich bitte rechts ein!», brüllte eine aggressive Stimme unüberhörbar. «Arbeitslose, Arbeitssuchende und alle jene, die noch keine Umschulungsgenehmigung vom Arbeitsministerium erhalten haben, reihen sich bitte links ein!»

Orientierungslos lief ich durch die Menschenmasse und hatte Schwierigkeiten, rechts von links zu unterscheiden. Aber nicht nur mir ging es so, alle arbeitslosen Kandidaten liefen wild durcheinander. Ratlosigkeit stand in ihre Gesichter geschrieben. Ich durfte nach rechts, ganz klar. Ich hatte zwar keine schriftliche Zusicherung vom Arbeitsministerium, aber das Wort meines Arbeitsberaters. Er hatte mir persönlich zugesichert, eine Umschulung zu erhalten. «Da brauchen Sie sich mal keine Sorgen machen», hatte er noch lächelnd gesagt.

«Ihr WEGZ vom Ministerium für Arbeit und Soziales bitte», sagte ein Mann mit Armbinde in dominantem Ton zu mir.

«Mein was bitte?», entgegnete ich und schaute verunsichert um mich. Alle anderen, die hinter mir säuberlich in der Schlange standen, hielten ein Blatt Papier in der Hand, worauf deutlich der große Stempelaufdruck WEGZ zu erkennen war.

«Sie brauchen ein WEGZ vom Ministerium, sonst sehen wir uns gezwungen, Sie auszugliedern. Haben Sie so ein Schreiben, ja oder nein?» Während er sprach, drehte er wieder an den Knöpfen seines Durchsagegerätes.

«Nein, ich habe so ein Schreiben nicht, aber mein Arbeitsberater hatte mir zugesichert, dass ...», konterte ich nun mit lauter Stimme.

«Ihr Arbeitsberater? Arbeitsberater gehören der alten Welt an. Wo ist Ihr Wiedereingliederungszertifikat vom Ministerium für Arbeit und Soziales?», sagte er in einem seltsamen Ton.

«Alte Welt? Was für eine alte Welt? Wiedereingliederungszertifikat ...?»

Jeden Morgen erwache ich aus irgendeinem dieser bescheuerten Träume. Dummerweise erlebe ich diese Träume so intensiv, als wären sie real. Ich sitze dann oft im Halbschlaf am Frühstückstisch und versuche, meine Träume und mein reales Leben auseinander zu halten. Die Handlung ist zwar nicht total identisch, aber meistens ähnlich bescheuert. Ob ich von meinem Arbeitsberater träume oder leibhaftig vor ihm sitze, ist kaum ein Unterschied. Die Sätze, die ich höre, sind die gleichen: «Ja Herr Bowski, im Moment ist ..., Sie wissen schon ...»

Mein Arbeitsberater, der Integrationscoach, meint immer wieder mal, er hätte da jetzt was für mich. Und als er dies das letzte Mal meinte, folgten daraufhin sechs Wochen Bewerbungstraining mit Excel-Seminar und Rechtschreibkurs wegen der neuen Rechtschreibreform. Meine Leidensgenossen und ich wurden bewerbungstechnisch so gedrillt, als würden wir damit auf den nächsten Krieg vorbereitet. Fazit: Ich bin nun in der Lage, mich überall zu bewerben, egal, als was. Toll, wen interessiert das? Keiner hat mich bisher für meine Bewerbungen bezahlt. In unserer Region ist arbeitsmäßig nicht viel zu holen, aber vielleicht ändert sich das ja heute. Mein Coach ist der Auffassung, dieses Mal sehe es ganz gut aus.

«Herr Bowski, machen Sie erst mal diese Umschulung. Maurer werden gut bezahlt und Häuser werden immer gebaut. Irgendwo, irgendwann, aber gebaut ...»

Fast könnte ich es einsehen, doch irgendetwas in mir sträubt sich hartnäckig. Ich wünschte, es gäbe für mich anderes zu tun. Etwas, wofür die Menschen später dankbar sind. Als Maurer bekommt man solche Danksagungen nicht einfach so. Da wird man nicht irgendwann angerufen und es wird einem dann gesagt: «Sie sind doch der Herr Bowski, der Maurer Bowski, der unser Haus gemauert hat. Ist zwar jetzt schon zehn Jahre her, wollte mich aber trotzdem noch mal bedanken. Kommen Sie doch mal auf einen Kaffee vorbei und staunen Sie, wie gut unsere Einrichtung zwischen Ihre gemauerten Wände passt.» Solche oder ähnliche Anrufe wird es nie geben. Das Einzige, was ein Maurer zu hören bekommt, ist vielleicht: «Steht gut in der Flucht die Wand, kannst du da morgen weitermachen?» Mit morgen ist dann meist der Samstag gemeint. Und man geht dann halt samstags auch hin, weil der Samstag so ein typischer Tag ist, seinem Chef Dankbarkeit dafür zu zeigen, in seiner Firma arbeiten zu dürfen. Solche Dinge halt. Firmeninteresse nennen es einige.

Noch träge vom Denken und Träumen, wie die Begegnung mit meinem Berater aussehen könnte, schlurfe ich zur Küche rüber. Wo ist bloß meine Energie geblieben? Mit ein wenig Anstrengung lasse ich eine Vitamintablette in ein gefülltes Glas fallen und beobachte, wie sich die künstliche Substanz in der Flüssigkeit auflöst. Beobachte, was geschieht, und fange an, die aufsteigenden Bläschen zu zählen, höre aber nach dem dreiundzwanzigsten damit auf, weil ich darin keinen Sinn sehe.

Ich finde nirgendwo Sinn in irgendetwas und versuche, meine Gedanken umzulenken. Gelangweilt lese ich ein wenig die Tageszeitung. Sie ist zwar von gestern, aber in der Hoffnung, eine gute Stellenanzeige zu finden, blättere ich los. Überschwemmungen und weitere Naturkatastrophen! Leben auf dem Mars? BSE! Gammelfleisch! SMS günstiger! Sperrmüll nach Karnevalsumzug! Vier Tote bei Radtour, und Reinhold hat sich mal wieder mit dem Yeti getroffen. Mehr darüber in seinem aktuellen Buch *Berg, Tier und Geisteswirr* für nur sechsundvierzig Euro fünfzig! Genervt von dem ganzen Schwachsinn lege ich die Zeitung beiseite, stütze meinen Kopf auf die Hände und überlege, weshalb ich heute aufgestanden bin. Ar beit! Genau! Um Arbeit wollte ich mich bemühen. Ein weiterer Termin bei meinem Coach.

Ich mache kurz ein paar Schattenboxbewegungen, stelle mir den Integrations-Coach vor und lächle leise in mich hinein.

Irgendwann hörte ich mal was von einer Ich-AG. Da wird man gefördert, gerade auch als Langzeitarbeitsloser 'ne neue Chance. Man bräuchte halt nur eine gute Idee und ein Ich. So etwas wie ein Ich hätte ich ja, bräuchte nur noch fix 'ne Idee.

So manche Idee findet man ja in der Zeitung, also durchforste ich etwas genauer die Anzeigen. Von Samenspende über Geldspende bis hin zur Organspende ist alles vertreten. Unter einer kostenlosen 0190-Nummer kann man mehr erfahren. Was ich dort wohl erfahren könnte? Dass eine 0190-Nummer nicht kostenlos sein kann, vor allem. Anzeige für Anzeige studiere ich die ganze Zeitung. Mit meinem eigenen Auto könnte ich sechshundert Euro pro Monat verdienen. Durch Werbung. Dummerweise habe ich kein Auto. Also fällt das leicht verdiente

Geld schon mal weg. Die Stelle als Pizzafahrer oder Leichenwagenfahrer kommt wegen des nicht vorhandenen eigenen Pkws genauso wenig in Frage. Garten- und Pflasterarbeiten will ich auch nicht übernehmen. Und einer Zeitarbeitsfirma mit Hilfe meiner Arbeitskraft zu schnellem Reichtum zu verhelfen, scheint mir auch nicht angeboren zu sein. Für Heimarbeit ist meine Wohnung zu klein und für leichte Arbeiten bin ich zu schwer. Für Rentnertätigkeiten bin ich zu jung und zum Zeitungen Austragen zu alt. Ich bin der Topf ohne Deckel, soweit es die Arbeit angeht. Geld. Geld. Geld ...? Irgendwie müsste es doch möglich sein, an ein paar Euros zu kommen.

Vom Mut verlassen lese ich jetzt die Todesanzeigen, die direkt neben den Heiratsanzeigen stehen. Lese die Werbung und die Verkaufsangebote privater Händler. Was die Leute so alles loswerden wollen! Warum haben sie sich die Scheiße erst gekauft? Rocker verkauft Kutte, Jogger verkauft Sitzbank und ein Pfarrer sogar seine Seele, wenn der Preis stimmt. Die Welt scheint sich im Ausverkauf zu befinden. Kontaktanzeigen, na ja, warum nicht? *Margot, 62, eine hübsche, warmherzige Witwe mit Pkw. Mehr über mich erfährst du unter 0190/6730023 (kein Honorar), 1 Min./3,63 Euro, ansonsten keine finanziellen Interessen.* Man könnte den Wunschpartner also schon innerhalb einer Minute kennen lernen, und das für nur 3,63 Euro. Vorausgesetzt, man spricht so schnell wie Dieter Thomas Heck. *Romantischer Tierarzt sucht endlich die Frau fürs Leben.* Wohl genug mit seinem Rauhaardackel gekuschelt? Wahrscheinlich noch bei Wein und Kerzenlicht. Aha! *Junge Frauen aus deiner Stadt geben dir gratis ihre Telefonnummer! Für nur 1,80 Euro die Minute.* Ich gehe mal davon aus, dass ein stark stotternder Mann die

Nummern vergibt, sonst rentiert sich das Geschäft nicht. Eine Telefonnummer mit Vorwahl besteht aus zehn Zahlen. Locker runtergestottert könnte das gute zehn Minuten in Anspruch nehmen. Sind unterm Strich achtzehn Euro. Achtzehn Euro für 'ne schnelle Nummer? Verlockend ist es schon. *Zwei heiße Mäuse verwöhnen dich in privater Atmosphäre. Junge Asiatin massiert. Süßes Luder! Süße Studentin! Polin mit großer OW! Schokobaby Miriam und Russenfick ohne Vorspiel!* Mann, was ist los in der Welt? Ich bin sauer, irgendwie geil und brauche unbedingt einen Job oder vielleicht erst mal Frische Luft.

Am Fenster schnell ein bisschen Schnappatmung, dann wieder zurück an den Tisch.

Ich schmiere mir noch ein Brötchen und vermeide Wurstbelag, den ich ohnehin nicht habe. Honig ist sowieso viel gesünder. Genussvoll beiße ich in das goldene Süß, denke dabei aber plötzlich an diese Rinderseuche. BSE-Wurst? Gedanklich scherze ich: «Ich hätte gern ein Viertel Pfund BSE-Wurst, fünfhundert Gramm Creutzfeldt-Jakob und für die Kinder zwei Lagen Gesichtswurst.» Später erkläre ich dann meinem erkrankten Kind: «Deine Demenz kommt von der Gesichtswurst, die aus dem Angebot für 99 Cent.» Und die einzige Entschuldigung, die ich zu bieten hätte, wäre, dass Honig Karies verursacht. Das Kind wird dann fragen: «Was hast du gerade gesagt?» Ein Fass ohne Boden halt.

So kaue ich auf meinem Brötchen, kaue auf meinen schwer verdaulichen Gedanken und bemerke, dass ich nicht satt werde.

Ich brauche 'ne Idee. Wann kommt sie, die rettende Idee?

Arbeit, Arbeit, Arbeit! Geld, Geld, Geld! Arbeit, Arbeit, Geld, Geld, Arbeit. Geld für Arbeit. Arbeit. Arbeit für Geld! Arbeit für Geld?

Ich hab's: *Arbeit für Geld, Beratung unter 0190/222333, nur 3,63 Euro/ Min, Ulle Bowski GmbH.* Ganz deutlich sehe ich meine Anzeige in der Zeitung stehen. Im Grunde genommen clever. Nur, wo soll ich die Arbeit hernehmen, die ich weitervermitteln will? Ich habe ja nicht mal selber eine. Und so sitze ich weiter hier und mache mir wieder Gedanken.

Meine Zeit läuft mir davon. So wie der Honig, der an den Seiten meines Brötchens herunterläuft. Wenn ich so zurückdenke, muss ich eingestehen, dass mein bisheriges Leben nur so vor sich hin gelaufen ist. An den Kanten des Brötchens direkt ins Leere. Wieso muss ein Mann, der hinter einem Ball her rennt und Tore schießt, mit Millionen von Euros belohnt werden, während gleichzeitig Millionen Menschen hart arbeiten, um das soziale System aufrechtzuerhalten? Warum werden Falschparker härter bestraft als Falschdenker? Warum werden Alte und Kranke unwürdig und in den meisten Fällen nur notdürftig von viel zu wenig Personal gepflegt, während gleichzeitig Tausende ohne Jobs sind und von Hartz IV abhängig gemacht werden?

Zwischen so viel Engstirnigkeit bekomme ich Platzangst. Aber wohin ausbrechen? Die Welt scheint aus den Fugen geraten zu sein. Welches Land bietet mir Alternativen? Im Moment befinde ich mich ganz unten und treffe immer wieder auf Menschen, denen es genauso ergeht.

Mit gespannter Faszination beobachte ich, wie der Honig an den Seiten des Brötchens herunterläuft. Wie die süßliche Masse lange dünne Fäden zieht, die sich ganz langsam um mein Handgelenk wickeln. Wie meine Gedanken, die von irgendwo her auftauchen und sich wie dünne Spinnweben um mein

Bewusstsein wickeln, es regelrecht einspinnen und so meine Wahrnehmung erzeugen.

Es gibt Menschen, die mit dem Strom schwimmen, und es gibt solche, die von selbst auf irgendeinen Humbug kommen. Die Stromschwimmer können ihre von anderen übernommene Meinung und Ideologie, wenn's mal in die Hose gehen sollte, immer noch auf den Menschen schieben, der zunächst darauf gekommen war. Also eben der, der sich mal die Mühe gemacht hatte, nachzudenken. Der Philosoph! Aristoteles war so einer. Habe ich alles irgendwann bei uns in der Stadtbücherei überflogen.

Philosophie hat mich schon immer interessiert, kostet ja nix. Das ist ja das Einzige, was sich ein Arbeitsloser noch leisten kann. Die Philosophie.

Auch ich fühle mich wie einer von denen, die sich ihre Gedanken lieber selber machen.

Je länger ich auf den laufenden Honig starre, umso mehr frage ich mich, wo meine Gedanken eigentlich ihren Ursprung haben. Dieses zähflüssige Kauderwelsch in Form von Gedanken. Ich schließe meine Augen, versuche, mich auf einen einzigen Gedanken zu konzentrieren, und nehme mir vor, ihn dann weiter zu verfolgen. Mein einziger Gedanke ist: Hunger.

Der Hunger, gut gekleidet, so mit Schlips und Seitenscheitel, steht in meiner Küche. Einen Aktenkoffer in der Linken blickt er forsch über seine Designerbrille in alle meine Schränke. Türen klappern, auf, zu, auf, zu. «Hier gibt es nichts zu holen», erkläre ich ihm. Gespannt folge ich dem Gedanken, der sich gerade aufmacht, mein Wohnzimmer zu betreten.

Dann schellt es, und zwar real.

«Guten Tag, glauben Sie an Gott?», fragt mich eines von zwei Gesichtern. «Wollen Sie nicht eines unserer Hefte? Sie können ja wenigstens mal reinschauen», sagt das andere Gesicht.

«Mal reinschauen?», überlege ich laut und blicke auf zwei dünne Hefte. *Wachtturm* und *Erwachet* steht darauf in großen Lettern. «Ok», sage ich, schnappe mir die beiden Hefte und schließe die Tür, nicht ohne mich vorher zu bedanken.

Von hinten nach vorne lasse ich Seite für Seite durch meine Hände gleiten. Immer wieder tauchen Bilder mit freundlich dreinschauenden Gesichtern auf. Gesichter wie jene, die mir diese Heftchen schenkten. Mal kuscheln die freundlichen Gesichter mit Löwen und Tigern. Mal sieht man sie, wie sie sich mit einer Schlange unterhalten, oder man sieht sie einfach nur lächeln, während im Hintergrund gerade ein Atompilz den Himmel schwarz färbt. Dann klingelt es wieder an der Tür. Ich beende meine Sitzung, wasch mir noch schnell meine Hände und laufe wieder zur Tür. Ein gammeliger Typ hält mir eine Blechbüchse unter die Nase und verlangt etwas Kleingeld. Jetzt machen auch die schon Hausbesuche! Ich quetsche ihm die beiden Hefte in die Dose. «Mehr hab ich nicht», entschuldige ich mich und schließe die Tür. Wenn jetzt noch ein Rosenverkäufer hier schellt, hat die Globalisierung einen neuen Höhepunkt erreicht.

Parkgenossen und Philosophen

Durchs Rumphilosophieren verflog die Zeit in Windeseile, doch noch rechtzeitig angekommen sitze ich jetzt hier bei der Bundesagentur für Arbeit. Mir gegenüber ein langhaariger Typ so in meinem Alter.

Ich versetze mich in jene Zeit zurück, als ich noch lange Haare trug. Jene Zeit, in der die wahren Werte des Lebens anders verteilt waren. Jene Zeit, in der es eigentlich wahre Werte gar nicht gab. Da gab es nämlich nur Umstände. Umstände, die bekämpft werden mussten. Nie körperlich, nie wirklich. Nur mit dem Mund. Wir waren die Opfer der Umstände. Der Staat, die Gesellschaft waren die Verursacher der Umstände. Wir, die mit den langen Haaren! Wir mit den Natokutten. Wir mit dem Willen zum Frieden. Wir, die Kommunen, die sich nur nach Menschlichkeit sehnten. Wir waren doch die Opfer. Wir waren es doch, die während des kalten Krieges am warmen Lagerfeuer saßen und Lieder von Bob Dylan, John Lennon und Jimmy Hendrix sangen. Während die Großmächte mit ihren Waffen jonglierten, schunkelten wir fröhlich in der Runde. Wir taten etwas für den Frieden. Nicht sie, indem sie durch Aufrüsten einen gegnerischen Angriff zu verhindern suchten. Wir gehörten schon zu der New Age Generation, da gab es doch New Age noch gar nicht.

Wir! Ulli Leckebusch und meine Wenigkeit.

Nach 'ner guten Woche hatten wir unsere Meinungen aber wieder geändert, dann kam der Punk. Anarchie und Haare, die vorher noch bis zum Boden hingen, standen jetzt in leuchtenden Farben gen Himmel. Das waren noch Zeiten ...

Eine Zimmertür öffnet sich und ein dünner Mensch schaut suchend in die Runde. «Herr Bowski?»

«Ja hier», antworte ich und erhebe mich. «Ihr Integrations-Coach, Herr Speckmüller, ist leider erkrankt, Ihr Termin wurde auf nächste Woche verschoben.»

«Nächste Woche?», wiederhole ich fragend. «Ja, nächste Woche. Sie bekommen aber noch schriftlich Bescheid. Bitte entschuldigen Sie noch mal.» Mit diesen Worten verschwindet der dünne Mensch wieder im Türspalt.

Als ich das Arbeitsamt verlasse, ist es mittlerweile schon siebzehn Uhr. Siebzehn Uhr?

So langsam müssten die anderen sich auch schon im Park versammelt haben: Willi Krause, Speedy, Robert Blocker und natürlich Dr. Senfmann. Und die namenlosen Gestalten, die irgendwann auftauchen, so aus dem Nichts, und genauso unbemerkt wieder verschwinden.

Schnellen Schrittes überquere ich die Straße und sehe von dort schon die üblichen Gestalten am Eingang des Parks stehen. Rentner, die sich ausgiebig über die neue Rentenreform auslassen, und Kleinkriminelle, die auf fette Beute lauern, die dann doch meistens ausbleibt. Aufgrund der neuen Rentenreform. Doch was soll mich das stören? Meine Zeit als Rentner ist noch in weiter Ferne. Wird mich, wenn überhaupt, erst viele Jahre später betreffen. Im Moment bin ich arbeitslos, und das ist schon kompliziert genug. Mit einem freundlichen Gruß gehe ich an der alternden Truppe vorbei und laufe den langen roten Ascheweg entlang, auf der Suche nach meinen Leuten. Der Park wurde erst vor kurzem neu angelegt. Bäume wurden gepflanzt, seltene Blumen schmücken nun die Seitenränder und an jeder Ecke stehen Bänke. Bänke für Rentner, die sich dort niederlassen können, um noch mal in Ruhe über ihr Leben nachzudenken. Bänke für Herumtreiber, die sich vom Herumtreiben mal kurz ausruhen müssen. Bänke für Teenager, die dort ihre erste Zigarette rauchen und über Pickel philosophieren können. Bänke für Dealer, die die Sitzflächen als eine Art Auslage nutzen. Und natürlich Bänke für Junkies, die dort ihren ersten oder letzten Schuss setzen können.

Einen kleinen Spielplatz hat es im hiesigen Park auch. Zwei Kletterstangen, eine Schaukel und natürlich eine Wippe, wie vor hundert Jahren schon. Ich frage mich, warum hier für die heutigen Kids keine Playstation, keine Halfpipe für Skater oder wenigstens ein Stück Pappe für Breakdancer zu finden ist. Doch wer von den gut Pensionierten begreift schon die Anliegen der Jugend von heute? Die Gelder werden sowieso nur da ausgegeben, wo sie meist nicht gebraucht werden. Verkehrsberuhigte Bereiche, Diäten und Wiedereingliederung von hoffnungslosen Fällen. Bevor ich noch weiter darüber nachdenke, lenke ich meine Gedanken schnell auf etwas anderes und beobachte ein Eichhörnchen, das gerade einen Baum emporklettert. Die Schnelligkeit des Tieres fasziniert mich so sehr, dass ich spontan stehen bleibe und meinen Blick gezielt auf den weiteren Weg dieses Lebewesens richte. Es umrundet den Baum, immer höher bis zur Baumkrone, und irgendwann verliere ich es aus den Augen. Fast genauso wie meine Ziele, die ich mir gesteckt habe: nie mehr zu trinken und Arbeit zu finden. Mit dem Rauchen habe ich bereits aufgehört, aber nur, weil mein Monats-Budget dafür nicht ausreicht. Nie mehr zu trinken ist machbar, aber der Rest bleibt mir ein Mysterium.

Einen großen Teich haben sie hier angelegt. So mit allen Schikanen. Enten, Wasserflöhe und verrostete Mofateile, die man, wenn man genau hinsieht, am Teichboden erkennen kann. Aus Langeweile, weil der Weg sich hinzieht, fange ich an, die Aschekörner zu zählen, höre damit aber beim zweihunderteinunddreißigsten auf. Ein sinnloses Unterfangen.

Ich blicke also wieder auf und kann gerade noch einem Fahrrad ausweichen, das ich zu spät bemerkt habe. Speedy! Wer sonst hätte es um diese Uhrzeit so eilig?

«Wir stehen da drüben an der alten Eiche», lallt er, als wäre das was Neues, «muss noch eben für Nachschub sorgen, sehen uns dann gleich.» Dann fährt er im Zickzack davon.

Die alte Eiche, ein Treffpunkt, der schon seit Generationen genutzt wird. Meist von Arbeitslosen, also meinesgleichen. Warum das so ist? Ich weiß es nicht, es ist eben so. Es ist eben so, genauso wie andere Dinge eben so sind. Man könnte meinen, sie wären schon immer so gewesen. Seit Menschengedenken. Genauso wie die Sonne, die schon seit Menschengedenken für Hautkrebs sorgt. Auch wir, die wir uns an der Eiche treffen, sind Krebsgeschwüre für manche. Für Rentner, die im Park ihre Ruhe genießen möchten, für gestresste Familien, die sonntags mal Zeit finden, vor die Tür zu gehen. Für die Gartenkolonne, die unsere leeren Bierpullen aus dem Gestrüpp fischen muss. Und natürlich für uns selbst, weil unser schlechtes Gewissen es von uns verlangt. An der alten Eiche hingen schon namhafte Gestalten herum wie Drogen-Ulli, der Rote Baron, Jupp Koslowski und Pulle-Anton. Nicht zu vergessen Tittchen, Flittchen und die Immerwillige, die jetzt zehn Kinder hat und nicht so genau weiß, von wem überhaupt. Ich bin nie mit einer mitgegangen.

Hatte mich immer gut im Griff. Lediglich einmal habe ich so eine ‹Bekanntschaft› aus der Kneipe vom singenden Wirt mit nach Hause genommen und mit ihr sämtliche Geschlechtskrankheiten, die in der roten Liste verewigt sind. Nach gut zwei Wochen Quarantäne hatte ich diese Erfahrung dann hinter mich gebracht, und seitdem gehe ich lieber wieder alleine nach Hause.

So langsam nähere ich mich dem alten Baum und kann schon einige Gestalten erkennen. Robert Blocker redet mal wieder mit Händen und Füßen. Willi Krause trinkt sich ins Koma und Dr. Senfmann versucht beide zu belehren.

Mit den Worten: «Na, alles klar?», begrüße ich sie wie fast jeden Tag. Oft sehne ich mich nach intellektuellen Gesprächen. Gespräche, in denen Kunst, Musik, Literatur und der Sinn des Unsinns durchgekaut werden. Sehne mich nach tiefsinnigen Unterhaltungen, in denen auch ich mal zu Wort kommen könnte. Doch leider sind es meist nur oberflächliche Alltagsprobleme, die wiedergekäut werden. Oder die ewigen Themen wie Arbeitslosengeld gesperrt, Wohnung gekündigt worden, kein Kleingeld für die Heimfahrt und die neue Schwangerschaft von der Immerwilligen. Themen wie Umweltschmutz, Armut in Drittländern oder Weltuntergang werden zwar hin und wieder auch mal angesprochen, auf Grund mangelnder Kenntnis meist jedoch im Keime erstickt. Willi hatte sich mal als Entwicklungshelfer beworben bei einem dieser anerkannten Institute. Doch mit der Antwort, er solle doch erst mal bei sich selbst anfangen, ließ er das Projekt fallen. Seitdem gammelt er uneinsichtig hier im Park herum. Der arme Willi!

Dr. Senfmann hatte mal ein Studium der Medizin begonnen, doch das scheint ihm zu Kopf gestiegen zu sein. Immer wieder versucht er, uns seine Zwei-Semester-Erfahrung einzutrichtern. Alkohol mache betrunken, Drogen führen zum Rausch und Rinder essen führe zu Wahnsinn. Als ob wir das nicht schon wüssten. Doch wir lassen ihn reden. Lassen ihn das sagen, was er zu sagen hat. Und wenn er damit fertig ist, ist er dran mit Bier-Holen. Was er dann auch einsichtig tut. Dr. Senfmann ist okay, ein Mensch, den man ins Herz schließen muss – und zeitweise auch mal anderswo einschließen möchte. Doch was soll's, er ist auch nur ein Mensch. Ein Mensch wie wir. Ein Mensch, der zum Menschsein verurteilt wurde, genau wie wir.

Was können wir schon tun? Wir, die auf Grund mangelnder Arbeit viel Zeit damit verbringen müssen, über das Leben nachzudenken. Aber die viele Zeit bringt uns Arbeitslose der Lösung auch nicht näher. Wir stehen genauso auf dem Schlauch wie beispielsweise ein Klempner oder ein Bäcker. Oder der Busfahrer, der uns zu später Stunde immer nach Hause kutschieren muss. Ein Bäcker könnte sich auch mal ein paar Gedanken machen, wenn er so tagtäglich seine Kerben in die Brötchen haut. Ein Klempner könnte sich genauso gut mal Gedanken über den Sinn des Lebens machen, wenn er mal wieder meterweise irgendwelche Leitungen legt. Und genauso gut könnte sich ein Busfahrer seine Gedanken machen, während er unsere besoffene Kolonne nach Hause bringt. Arbeit ist doch kein Freifahrschein für wahlloses ‹Daherdenken›! Wir Arbeitslosen sind es doch, die sich von morgens bis abends mit dem Gedanken rumquälen müssen, warum wir überhaupt hier sind. Auf diesem schönen blauen Planeten, zwischen all den wunderbaren Tieren wie Meerschweinchen, Giraffen und Pitbulls. Wir Arbeitslosen sind es doch, die den Sinn des Ganzen hinterfragen. Besonders dann, wenn uns mal wieder das Geld ausgegangen ist.

Dr. Senfmann sagt immer: «Wir Menschen bestehen zu 70 Prozent aus Wasser.» Und ich dachte immer, das Gehirn, mit dem wir denken, wäre eine feste Masse. Was ist dann mit den Wasserköpfen? Dr. Senfmann ist felsenfest davon überzeugt, dass wir von den Affen abstammen. Was ich mir bei ihm, wenn ich ihn so anschaue, auch gut vorstellen kann. Doch ich lasse diese Frage offen für Zeiten, in denen ich wirklich Zeit habe. Spätestens, wenn ich in Rente gehe. Da hat man dann genug Zeit. Erstens braucht man keiner Arbeit nachzugehen, die einem sowieso nicht gefällt, und zweitens wird man durch die magere Rente gezwungen, zu Hause zu bleiben. Und dann kann ich mir in Ruhe Gedanken darüber machen, ob ich vom Affen abstamme oder ob Adam und Eva meine was weiß ich was für welche Großeltern sind. Doch bis zum Ruhestand ist es noch lange hin.

Ich öffne mir eine Dose und setze mich auf die Bank, die extra für uns hier platziert wurde. Zumindest reicht mein Glaube so weit. Kaum blase ich den ersten zuvor inhalierten Qualm wieder heraus, steht so ein älteres Semester vor mir. Schaut mich strafend an und spricht in gebildetem Deutsch: «Ihr solltet euch was schäme. Früher gab es solche Typen wie euch hier nicht, da herrschte Zucht und Ordnung ...», beschimpft er uns und geht seines Weges.

Kaum ist der Mann außer Sichtweite, versucht Blocker, seinen Standpunkt mit Händen und Füßen zu erläutern. Seine breakdanceartigen Bewegungen verleiht seiner Verärgerung dem Alten gegenüber Ausdruck. Blocker ist ein Typ, der sich nie einmischt. Er ist einer von denen, die immer erst das Maul aufmachen, wenn der Kontrahent schon nicht mehr am Gespräch beteiligt ist. Er kann seinen Standpunkt nur dann vertreten, wenn keiner da ist, der dagegen argumentieren kann. Er ist einer von denen, die eine eigene Meinung haben, solange kein anderer eine gegenteilige vertritt.

Ein Standpunktvertreter innerhalb seines Standpunktes. Ein Einzelgänger sozusagen.

Auch Dr. Senfmann kann es jetzt nicht lassen, seinen Senf dazuzugeben, öffnet eine Dose und lässt das Bier in sich reinlaufen, als hätte er nie etwas anderes getan. Ein bisschen Abneigung empfinde ich jetzt gegenüber Senfmann. Erstens, wie er das Bier in sich hineinschüttet bzw. wie er es über seine Jacke schüttet. Wie er es an seinem Mundwinkel entlang auf seine Jacke laufen lässt. Zweitens, wie er über alte Leute herzieht. Meine Eltern, seine Eltern, ja er selbst wird doch mal ein alter Mensch sein. Er ist manchmal ein Arsch, dieser Senfmann. Klugscheißern und arschmäßig drauf sein, das kann Dr. Senfmann.

Ich setze mich höher, sitze jetzt auf der Lehne der Bank und benutze die Sitzfläche als Unterlage für meine matschigen Schuhe. Willi verteilt noch eine Runde Glimmstängel. Ich greife mir einen, stecke ihn mir in den Mundwinkel und ziehe kräftig daran, als wäre es mein letzter. Von weitem sehe ich Speedy, wie er in bester Zickzack-Manier auf uns zusteuert. Der Lenker seines Fahrrads ist behangen mit Tüten. Tüten voller Dosenbier. Ich wette, dass er gleich auf die Schnauze fliegt, und dies tut er auch. Schön elegant schiebt er seine Nase durch den feuchten Ascheboden. Einige Dosen rollen aus den Tüten ins Freie. Speedy liegt da, Blut läuft aus seiner Schramme und versickert im Boden. Wir laufen hin und helfen ihm hoch, schieben den verbeulten Kumpel samt verbeultem Fahrrad zur Bank und lassen ihn Platz nehmen. Blocker sammelt in der Zwischenzeit die lädierten Dosen auf.

Von oben betrachtet, also so aus Gottes Perspektive, sind wir schon ein verdammt elender Haufen. Und manches Mal denke ich, er beobachtet uns und schämt sich seiner Schöpfung. Aber wir sind ja nur ein kleiner Teil seiner Schöpfung. Man sollte die großen Dinge lieber in den Vordergrund stellen: die Flora und die Fauna.

Diese Vielfältigkeit kosmischen Lebens. Bienen, die Blumen begrabbeln, damit wir morgens klebrigen Honig auf unsere Brötchen schmieren können, Brötchen, die vorher ein fleißiger Bäcker zu früher Stunde extra für uns gebacken hat. Das ist schon faszinierend. Oder die Wälder, die wir Menschen durchschreiten können und es schlicht nur ‹spazieren gehen› nennen, ohne tiefer darüber nachzudenken. Ein Planet, umgeben von zig anderen Planeten, plump Galaxie genannt. Und wir sind mitten drauf auf dem Planeten. Gehen mal eben sonntags spazieren mit Oma und Opa, als wäre es das Selbstvertändlichste von der Welt. Doch es ist nicht selbstverständlich!

Genauso wenig, wie Dr. Senfmann gerade mal wieder zwei vorbeilaufende Mädels anspricht, nach einer Zigarette fragt und eigentlich nur den Gedanken hegt, eine von den beiden zu vernaschen. Welche, wäre ihm so ziemlich egal.

Die beiden Mädels gehen natürlich, ohne ein Wort zu verlieren, an Senfmann vorbei. Das wiederum ist selbstverständlich! Die Mädels gehen an uns allen vorbei. Wir sind für die Frauenwelt alles andere als attraktiv. Der zerbeulte, blutende Speedy, der mit Bier besabberte Dr. Senfmann, der zuckende Blocker und meine Wenigkeit. Was hätten wir den Frauen auch schon zu bieten? Außer 'ner Dose Bier und blödem ‹Daherphilosophieren› haben wir nichts.

Mit dem Gefühl, von Gott verlassen zu sein, schaue ich gen Himmel.

Warum? Wieso? Weshalb? Weshalb muss ich hier mein Dasein mit diesen verkorksten Brüdern fristen? Was in Teufels Namen habe ich verbrochen, hier tagaus, tagein regelrecht abzuhängen? Ich komme mir vor wie der verlorene Sohn. Fühle mich kurzzeitig, wie Jesus sich gefühlt haben muss, als er einst am Kreuze hing und sich ebenso von Gott verlassen fühlte. Seine Hände waren gebunden, ich habe meine noch frei. Kann sie zum Rauchen und Bierdosehalten benutzen, okay, aber sonst? Ich bin doch genauso ein Gefanger, wie er es einst war. Ein paar Sekunden lang gebe ich mich dem Gedanken hin, Blocker, Speedy und Senfmann seien meine Jünger, meine Begleiter bis zur geistigen Kreuzigung ... meiner völligen Verblödung. Ich springe auf und lasse einen unkontrollierten Schrei los. «Hilfeeeeeee!», brülle ich und lande mit einem enormen Sprung wieder einmal direkt in einer kleinen Pfütze, rutsche darin aus und – wie soll es auch anders sein – besudele mich.

Gott scheint jedenfalls nicht bei mir zu sein. Mein Hilfeschrei erschreckt nur einen dieser Vögel, die die Baumkronen bewohnen. Der kackt Blocker direkt auf den Kopf, woraufhin dieser fluchend den Haufen wieder aus seinem krausen Haar zu zupfen versucht. Was eigentlich eher so aussieht, als erzähle er wieder etwas in seiner gestenreichen Manier.

Das Pfützenwasser spiegelt mein dreckiges Gesicht wider. Mein Gesicht spiegelt zeitgleich das dreckige Pfützenwasser wider. Ein Teufelskreislauf. Ich stütze mich mit beiden Händen auf, ohne mein Spiegelbild aus den Augen zu verlieren. Mit einiger Mühe schaffe ich es, mich aus dem wässerigen Sud zu erheben. Das Dreckwasser läuft an meinen Klamotten herunter und vereint sich mit der Pfütze, die langsam ihre volle Größe zurückerhält. Ich klopfe mir den Rest Dreck ab, ziehe mein nasses Haar streng nach hinten und binde es zu einem kleinen Zopf zusammen, was mir einigermaßen schwer fällt, weil ich ja nur über einen Fusselhaarschnitt verfüge.

Senfmann und die anderen Konsorten können sich das Lachen nicht verkneifen und machen so ihre Späße. Die sollen mich doch am Arsch lecken. Ich beschließe, nach Hause zu gehen. Kurzerhand verabschiede ich mich mit den Worten: «Bis morgen, habe noch was zu erledigen.»

Zu erledigen habe ich natürlich nichts, außer mir vielleicht Gedanken zu machen. Gedanken über Arbeit. Gedanken über den Sinn als solches. Und natürlich Gedanken übers Essen, weil mich mal wieder ein leerer Kühlschrank zu Hause erwartet. Jedes Mal nehme ich mir vor, nicht mehr in den Park zu gehen. Doch was man sich so im Leben nicht alles vornimmt!

Irgendein Silvester. Auf einer dieser Standardpartys habe ich es mal mit guten Vorsätzen und esoterischem Bleigießen versucht. Wollte damit mein tristes Leben runderneuern. So goss ich also das flüssige Metall, das ja nicht gerade ungefährlich ist, in einen Topf, der mit kaltem Wasser bis zum Rand gefüllt war. Nach kurzem, ungeduldigem Warten und Hoffen fischte ich den unförmigen Bleiklumpen dann heraus und verbrachte anschließend den Rest der Party damit, dieses Teil zu deuten. Durch die Zufuhr von Alkohol waren meiner Phantasie keine Grenzen gesetzt. Nach gut einer Stunde des Draufstarrens und durch kleine Hinweise der anderen Partygäste, die ich schon gar nicht mehr so recht wahrnahm, erkannte ich dann eine Blume. «Eine Blume!», dachte ich mir. «Schön! Schön, eine Blume», war mein zweiter Gedanke. «Hm, nur 'ne Blume», war dann mein dritter Gedanke.

Irgendwann war die Party vorbei. Zur Grunderneuerung hat es nicht gereicht. Ich steckte mir den Bleiklumpen in meine Hosentasche und wankte nach Hause. Den Klumpen muss ich übrigens noch irgendwo unten im Keller rumliegen haben.

Swami Klaus

Der Gang durch den Park kommt mir endlos lang vor. Zu Hause angekommen taste mich durch die Wohnung. Habe mal wieder vergessen, die Rollos hoch zu ziehen. Irgendwann, ich habe es mir geschworen, werde ich mir auch einen von diesen beleuchteten Kippschaltern installieren. Momentan verfüge ich nämlich nur über zwei lose Drähte, die aus der Wand ragen. Die muss ich immer vorsichtig zusammendrehen, um meine Räumlichkeiten zu beleuchten. Ich weiß nicht mehr, wie oft das schon in die Hose ging. Tast, tast, tast ... zack, und dann bin ich auf einen Schlag hellwach. Liege da, fasse mir ans Herz und denke: «Erhöht ein Kurzschluss eigentlich die Nebenkosten?»

Heute finde ich die Drähte mal ohne Schlag. Meine triste Einrichtung wird jetzt von einer 25-Watt-Birne angestrahlt. Viel heller ist es dadurch nicht geworden. Der Staub, der meine Möbel bedeckt, schimmert im kargen Licht, er glänzt und funkelt. Ich schalte mein Kofferradio an. Klavierblues schrillt aus dem kleinen Lautsprecher.

Nach hinten raus habe ich nur Blick auf den Hof. Einen voll gestellten Hof mit allerlei Gerümpel. Das schaue ich mir täglich an.

Während ich so rausschaue, kommt mir Schattenton in den Sinn. Ich helfe ihm manchmal im Garten oder bei Reparaturen an seinem Häuschen. Dafür gibt er mir dann ein bisschen Geld, sofern er etwas übrig hat.

Schattenton wohnt zurzeit in einer kleinen Hütte am Rande der Stadt. Er ist einer der wenigen, die ich kenne, die nicht im

Park rumhängen. Er hat sogar ein Hobby, seinen Fischteich. Und er baut Gemüse an.

In dem Haus, in dem er früher gewohnt hat, wohnen jetzt nur noch seine Frau und sein zwölf Jahre altes Kind. Und natürlich Jochen, der früher mal sein Kollege war und es jetzt logischerweise nicht mehr ist. Schattenton war viele Jahre sehr erfolgreich, hatte sich hochgearbeitet. Sein damaliger Arbeitgeber, eine Softwarefirma, hatte ihn auf Seminare, Lehrgänge und Studienreisen geschickt. Irgendwann war er sogar leitender Angestellter geworden. Früher, als das Metier noch neu war und nur Eingeweihte programmieren und mit EDV umgehen konnten, da war er ein hohes Tier gewesen.

Doch früher, das war einmal. Seit zehn Jahren sucht Schattenton nun schon nach einem neuen Job. Er meint, er sei nicht vermittelbar und ich natürlich auch nicht. Nur der Durchschnitt sei vermittelbar.

Mein Blick fällt wieder auf den Hof.

Je länger ich rausstarre, umso mehr fange ich an zu schielen. Ich merke es an der Menge des Gerümpels, das ich im Hof erblicken kann. Es scheint alles doppelt vorhanden zu sein, was es natürlich nicht ist. Zwei ausgediente Kühlschränke, mindestens zehn vergammelte Fahrräder, mehrere Dutzend morsche Obstkisten, zwei ausgebrannte Granadas gleichen Baujahrs und Zwillinge, die darin Rennfahrer spielen. Ich richte meinen Blick geradeaus und sehe die Gebrüder Koslowski, wie sie schimpfend mit den Köpfen aus ihrem Badezimmerfenster hängen. Es ist eine trostlose Wohnbaracke mit was weiß ich wie vielen Mietparteien. Dieses Wohnsilo hat eigentlich seit Jahren schon ausgedient. Ist baufällig, wenn nicht sogar einsturzgefährdet. Der einzige Grund, der mich hier noch hält, ist die billige Miete. Ich denke oft daran, von hier wegzuziehen, wenn ich erst mal feste Arbeit habe. So ein Vorsatz ist natürlich ein Hoffnungsschimmer, der sich im Gemüt einnistet. Irgendwann landet dieser Gedanke allerdings bei all den anderen unfertigen Gedanken. Er landet quasi in einer Warteschleife und dort wartet er darauf, zu Ende gedacht zu werden. Speziell dieser Gedanke, einen Job länger als, sagen wir mal, drei Wochen durchzuziehen, ist nicht ganz unkompliziert.

Einmal hatte ich die Chance auf einen festen Arbeitsplatz bis an mein Lebensende. So versicherte es mir jedenfalls der damalige Arbeitgeber. «Hier wirst du alt», hatte er mir versichert. Doch mal ganz ehrlich, wer möchte in einer Drücker-Kolonne schon alt werden? An jeder Haustür dieselbe Leier: «Haben Sie Interesse an einem Zeitungsabo? Wir hätten hier die Neue Revue, Praline, Auto-Motor-Sport oder aber auch was für den Intellekt, den Focus. Na, welche möchten Sie jetzt abonnieren?»

Die Antworten, die ich darauf bekam, klangen meist so: «Verpiss dich aus unserem Hauseingang!» So ein Job wäre mir zu deprimierend, vor allem die Vorstellung, ihn so lange auszuführen, bis ich alt war. Ab wann ist man eigentlich alt? Nach drei Tagen in diesem Job hätte ich bereits verdammt alt ausgesehen. Und ehe ich mich versehen hätte, wäre ich auf einer dieser Kaffeefahrten gelandet, mit so einer überteuerten Heizdecke unterm Arm, geräucherte Blutwurst fressend.

Ich lasse meinen Blick über den Gerümpelhof wandern und er landet wieder auf den zerknautschten Gesichtern der Koslowski-Brüder. Die sind das lebende Beispiel für den festen

Arbeitsplatz. Doch je länger ich sie betrachte, desto mehr wirken sie wie Mahnmale auf mich. Die beiden haben zusammen mindestens drei Millionen Tonnen Kohle in ihrem ‹Fester-Arbeitsplatz-Leben› abgebaut. Soweit ich informiert bin, durften sie die letzten zwanzig Kilo mit dem Förderband transportieren. Die Millionen Tonnen zuvor haben sie dagegen noch in Eimern ans Tageslicht befördert. Meist sitzen sie mit alten Decken umwickelt am Fenster und starren ins Leere. Die Heizkosten seien hier zu hoch, seit die Vermieter auf Gas umgestiegen sind, beteuern sie wehleidig. Das haben sie nun von ihrem festen Arbeitsplatz. Ein Leben lang schufften und dann, wenn es so weit ist, dass man in die letzten Ruhejahre kommt, um so richtig den Kohlepfennig zu genießen, wird einfach auf Gas umgestellt.

Die Kirchenglocke läutet zum Schlaf der Gerechten. Zehn monotone Gongschläge werden mit zwei verzinkten Taschenuhren der Koslowskis verglichen. Sie nicken sich beide zu. Die Treueprämie für fünfzig Jahre Kohlebuddeln zahlte sich anscheinend aus. Zeit für die letzte Tabletteneinnahme gegen Staublunge, bevor das Sandmännchen zum letzten Mal kommt. Geförderten Sand streuen in die Augen, die all die Jahre verschlossen waren. Verschlossen gegenüber den wahren Werten des Lebens. Sie winken mir noch zu und schließen die alten Fenster, deren Scheiben so trübe sind, dass kein Einblick von außen möglich ist.

Ich trotte zum Kühlschrank in der Hoffnung, ein Stück Nahrung zu finden. Beim Öffnen des Geräts schwindet jedoch sofort jede Hoffnung in mir. Minutenlang starre ich auf die kalkige Haut eines Eies, das sofort meinen Blick auf sich zieht.

Wie sollte es auch anders. Es ist das einzige Nahrungsmittel, das mein Kühlschrank noch beherbergt. Ich reiße das trostlose Ei aus seinem Winterschlaf und schlage es mit Schale in eine herumliegende Pfanne. Es klingelt, jetzt noch Besuch? Vorsichtig schaue ich durch den Türspion und versuche die Person ausfindig zu machen, die meine Ruhe zu stören versucht. Ein kahlköpfiger Typ mit einem schlanken, zierlichen Körper, der in ein orangefarbenes Gewand gehüllt ist, grinst scheinbar meine verschlossene Tür an. Ich begutachte ihn von Kopf bis Sohle und komme um die Erkenntnis nicht herum, dass sich um einen dieser Bhagwan-Jünger handelt. In seinen Händen hält er fest umschlossen zwei dicke Bücher. Ein Drücker, unterwegs im Auftrag Buddhas, schießt es mir durch den Kopf. Entweder nicht öffnen oder über Gott und die Welt philosophieren? Mit meiner verschlafenen Trägheit stehe ich vor einem Problem, das nach einer schnellen Lösung giert. Einerseits fühle ich mich für tiefsinnige Gespräche noch nicht aufnahmefähig genug, andererseits dürstet es mich nach neuen Erkenntnissen. Ich entscheide mich dafür, meinen Hunger nach Wissen zu stillen, da ich meinen anderen Hunger momentan sowieso nicht stillen kann. Und es heißt ja auch, der Geist nähre die Schwachen. So öffne ich die Tür in der Hoffnung auf Nahrung, auch wenn es sich nur um geistige Nahrung handelt.

Dass der Trachtenträger keinen Freudensprung vor lauter Glück macht, als ich ihm die Tür öffne und ihn freundlich herein bitte, ist alles. Nach tausendmal Dankesagen begrüßt er mich endlich mit einem breit grinsenden «Guten Morgen!». Ich sei der Erste, der ihm seit seiner frühen Morgenbekehrung die Tür öffne, meint er, und schmeißt noch mal ein paar tausend

Dankeschöns in meinen kleinen Flur. Ich bitte ihn, sich schon mal an den Küchentisch zu setzen, springe noch schnell ins Bad und entleere meine Blase, denn nur ein leeres Glas kann neu gefüllt werden. Wer weiß schon, was für eine Pisse er mir eintrichtern möchte? Schnell wage ich noch einen Blick in den Spiegel. Aber nur einen kurzen. Einen von diesen flüchtigen Blicken, den man auch vorbeilaufenden Hunden widmet. Die knurrend blöd gucken.

Mein flüchtiger Blick reicht immerhin noch dafür, mir gewahr zu werden, dass ich morgens einfach scheiße aussehe und es langsam an der Zeit ist, etwas dagegen zu tun. Ich schlurfe wieder einen Schritt zurück und mache zwei Sekunden Gesichtsgymnastik. Ziehe die Augenbrauen hoch bis in meine Geheimratsecken, die mein wahres Alter verbergen wollen. Reiße meinen Mund weit auf und mache damit ein paar Kreisbewegungen, klappere zwei Dutzend Mal mit den Augenlidern, schließe meinen Mund und puste nun wie ein Breitmaulfrosch Luft gegen das Innere meiner Wangen. Dann wippe ich noch mal meinen Kopf hin und her und begutachte anschließend das Ergebnis. Ich sehe immer noch scheiße aus, genauso wie vor dem Training, und denke mir, ab morgen wird das intensiver angegangen, und dackele zurück in die Küche. Insgeheim erhoffe ich mir von diesem Sektenjünger Hilfe. Doch welche Hilfe könnte er mir schon geben? Er ist ja selbst ein Suchender. Und soweit ich über Religion Bescheid weiß, sind deren Anhänger doch immer auf der Suche. Die suchen und suchen. Suchen zwischen Grashalmen. Suchen in den Gebärden der Tiere. Suchen durch Herumsitzen. Suchen, indem sie jahrelang schweigen. Suchen durch stundenlanges Rumträllern von Mantren. Suchen durch Enthaltsamkeit. Oder sie suchen, indem sie sich das Hirn weichvögeln und das schlicht Tantra nennen.

Ich öffne mein Herz und biete dem Jünger ein ausgiebiges Frühstück an. Dabei schiele ich auf den Heizkörper, auf dem sich das Ei allerdings noch immer in ein Spiegelei zu verwandeln versucht. Kein erfolgreiches Ergebnis. Es wird wohl daran liegen, dass ich meine letzte Heizungsrechnung nicht beglichen habe, denn deutlich ist zu erkennen, dass sich das Spiegelei nach wie vor im Rohzustand befindet. Genauso wie der Gesichtsausdruck des Jüngers, auch er scheint sich immer noch im Rohzustand zu befinden. Seit seiner Ankunft wirkt er unverändert. Das breite, erleuchtete Grinsen des heiligen Schülers lässt keine Fragen offen. Doch trotz alledem habe ich so viele Fragen, die ich zu gerne an ihn richten möchte. Als Einleitung frage ich ihn, wie er heißt. Gespannt erwarte ich einen Namen wie Swami Bahala Ghundi. Einen ehrfurchtgebietenden Namen wie Dawarermal oder Bi Wih Dher Dah. Doch er lässt nur ein trockenes «Ich bin der Klaus-Dieter» über seine Lippen kommen. «Watt ein Pseudoarsch!», denke ich mir und spachtele mir aus Frust das glibberige Ei doch lieber selber in meinen leeren Wams. Klaus-Dieter, das ist doch kein Name für einen Swami, ist doch kein Name für einen Schüler, der den Weg Buddhas geht? Dieser Name kann doch nicht einem Menschen gehören, der allem Weltlichen entsagt, der den materiellen Dingen des Lebens trotzt, der Enthaltsamkeit übt in allem, was das Leben hergibt. Klaus-Dieter-Typen sind doch eher Menschen, die Achtzylinder fahren, Breitreifen brauchen, Festangestellte sind und Kette rauchen. Klaus-Dieter-Typen sind doch Menschen, die zwar schon mal 'ne Freundin hatten, aber aus Zeitgründen jetzt lieber regelmäßig 'nen Puff aufsuchen und den Rest von Muttern erledigen lassen, wie Spülen, Einkaufen, Bügeln und Schuhe-Zubinden.

Zum ersten Mal spüre ich, dass ich Mensch bin. Ein Mensch von der Sorte, die sich auch mal irren können. Wieder einmal ist mein Kopf voll mit unnützen Fragen. Warum muss ein Mensch namens Klaus auch noch Dieter heißen? Und warum muss dieser Mensch namens Klaus-Dieter morgens bei mir am Frühstückstisch sitzen? Zumal es sowieso kein Frühstück gibt. Warum bekomme ich immer so komischen Besuch? Besuch vom ausgehungerten Felsmann? Besuch von einer mir namentlich nicht bekannten Horde von Gerichtsvollziehern? Selbst Besuche von Politessen wären bei mir denkbar. Zwanzig Euro für Falschwohnen oder so. Ganz zu schweigen von den Besuchen von Speedy, Dr. Senfmann oder Blocker, die alle Jubeljahre mal auftauchen, um meine Bude in ein Sodom und Gomorrha zu verwandeln. Wie gerne hätte ich mal Besuch von einer netten Frau, die nur kurz «Hallo» sagt und dann zum Wesentlichen übergeht. Oder dass ein Mann mit einem großen Geldkoffer auftaucht und sagt: «Hier, das haben Sie gewonnen oder sich verdient.» Wodurch und womit wäre mir egal. Meinetwegen könnte der Papst bei mir 'ne Audienz abhalten.

Klaus-Dieter reißt mich aus meinen Phantasien und verlangt nach einem Glas Wasser. Diesen Wunsch kann ich ihm erfüllen und reiche ihm Leitungswasser, das ich ihm als Heilwasser schmackhaft mache. Genüsslich leert er das Glas, ohne auch nur einmal abzusetzen. Na ja, in so ein ausgedientes Senfglas passt nicht viel rein. Während er trinkt, verliert sein Grinsen in keiner Weise an Intensität. Das macht mich ein wenig stutzig und ich lasse es mir nicht nehmen, ihn nach dem Grund seines ewigen Lächelns zu fragen.

Man habe ihm vor Jahren mal sein komplettes Gebiss ausgeschlagen, als er versuchte, einem Heiden seine Glaubensansichten zu verdeutlichen, erfahre ich. Und da Zahnersatz nicht gerade erschwinglich ist, habe man ihm kurzerhand mit dem Gebiss eines kürzlich verstorbenen Zwei-Meter-Mannes ausgeholfen. «Also keine Erleuchtung?», unterbreche ich ihn mit dieser enttäuschenden Feststellung. Er nickt zustimmend und senkt beschämt seinen Kopf. Langsam komme ich zu der Erkenntnis, genug von Klaus-Dieter gelernt zu haben. Erstens: Die Hülle des Menschen spiegelt nicht das wahre Innere wider. Und zweitens: Die Hülle kann ganz anders heißen, als man gedacht hat.

Ich begleite Klaus-Dieter noch zur Tür. Mit der Zusicherung, ihm zu einem anderen Zeitpunkt gerne mal wieder Einlass zu gewähren, verabschiede ich mich von ihm.

Um mir den Rest des Morgens nicht weiter zu versauen, stelle ich die Türklingel ab und schleiche lautlos ins Wohnzimmer. Ich lasse mich in das durchgesessene Sofa fallen und greife nach der Fernbedienung meines Fernsehers. Ziellos zappe ich mich durch das Frühstücksprogramm. Telekolleg im Dritten und im ZDF zeigen sie dasselbe wie bei der ARD. RTL erkenne ich nur schemenhaft und Sat 1 kann ich mit meiner Zimmerantenne auch nicht empfangen. Die Menschheit ist mittlerweile an einem Punkt der Technik angelangt, Hunderte von Sendern empfangen zu können. Nur ich scheine der Einzige auf Erden zu sein, der sich immer noch mit den nostalgischen

Anbietern zufrieden geben muss. Na ja, zumindest erleide ich nicht den Fluch der Unentschlossenheit, die eine so große Programmauswahl mit sich bringt. Ich entscheide mich für das Dritte und versuche mühevoll, den Worten des Physikers zu folgen.

Mit vielen Fremdwörtern erklärt er die Zusammenhänge des Vakuums. Wie Vakuum überhaupt zu Stande kommt und wofür es nützlich ist. Soweit ich dem folgen kann, ist Vakuum nichts anderes als ein Raum bzw. ein Zustand in einem Raum, in dem der Druck wesentlich geringer ist als in der umgebenden Atmosphäre. Also genau der gegenteilige Zustand von dem, in dem ich mich gerade befinde. Denn der innere Druck, der auf mein Hirn seine ganzen Kräfte entfaltet, scheint wesentlich höher zu sein, als der Außendruck meiner stickigen Zwei-Zimmer-Bude. Kurz gesagt, ich habe einen Brummschädel vom Nachdenken, wie ich meinem Leben 'ne neue Richtung geben könnte.

Biermann

Am nächsten Tag ist schon Post vom A-Amt im Kasten. Nächste Woche sei Herr Speckmüller wieder gesund. Nächste Woche? Ja, auf eine Woche mehr oder weniger kommt es jetzt auch nicht mehr an.

So beschließe ich ein paar Leute zu besuchen. Dr. Senfmann vielleicht. Wenn ich mich nicht irre, hat er heute Geburtstag. Da werde ich schon mal nicht hingehen. Habe kein Geld für Geschenke, die später sowieso nur in den Ecken herumliegen. Letztes Jahr habe ich ihm einen verchromten Schneebesen geschenkt, mit massivem Holzgriff und zweijähriger Garantie. Der Fastfoodjunkie hat das Ding bis zum heutigen Tage nicht ein einziges Mal benutzt. Und so ein Wackelpudding beispielsweise ist doch in kaum zwei Minuten angerührt. Ein Jahr davor bescherte ich ihn mit einem Päckchen Flickzeug. «Hier, wenn du eines Tages mal ein Fahrrad haben solltest», habe ich zu ihm gesagt und ihm stolz das in Silberfolie eingepackte Rettungsset überreicht. Erst nahm er es grinsend entgegen, dachte wohl, Drogen zu bekommen. Doch nachdem er es geöffnet hatte, dachte er bestimmt, dass ich Drogen genommen haben musste. «Flickzeug ...», wiederholte er noch einige Male und schüttelte ungläubig seinen Kopf.

Den alten Biermann könnte ich mal besuchen. Der würde sich bestimmt über meinen Besuch freuen. Außerdem hat er auch keinen Geburtstag, da bin ich mir sicher.

Angezogen bin ich schnell. Sockenfrei schlüpfe ich in meine Birkenstocksandalen, in ein T-Shirt mit der Aufschrift *Mehr*

Mut als Armut und in eine kurze, ausgediente Bundeswehrhose.

Noch zwei Stunden, dann wird die Mittagssonne den Himmel erobert haben. Bin arbeitslos und auf dem Weg zum alten Biermann. Ich tue etwas Einzigartiges. Etwas, was sonst keiner auf diesem seltsamen Planeten hier macht. Ich gehe Biermann besuchen. Biermann wird eigentlich von niemandem mehr besucht. Biermann ist etwas ungewöhnlich, aber dazu später. Biermann wohnt in der Dreiecksiedlung. Da ist das Wohnen noch so billig wie damals in den Fünfzigern, dafür aber im Winter genauso kalt wie einst in den Zwanzigern. Alle, die ihre Ansprüche auf ein Minimum reduziert haben, können da leben. Obwohl, leben ist das falsche Wort. Existieren, genau, man kann dort gerade so existieren. Haustüren braucht da keiner. Erstens kennt da jeder jeden, und klauen kann man nur da, wo es etwas zu klauen gibt. Gealterte Punker aus den achtziger Jahren erhalten dort ihre festgefahrenen und zum Teil spießigen Lebenseinstellungen aufrecht. Linksextremisten planen seit eh und je einen Putsch und streunende Köter scheißen die Hausflure voll. Biermann behauptet, er habe eine Staublunge. Erblich bedingt. Der Spinner. Jedenfalls sei dies der Grund, weshalb er so viel trinken müsse. Warum nun ausgerechnet Bier, konnte er aber bis jetzt noch nicht genau erläutern. Er faselte mal etwas von «Bier absorbier» oder so. Biermann heißt normalerweise Hoffmann. Aber weil er mehr Bier als Hoffnung besitzt, nennen sie ihn alle Biermann. Er trinkt seit seinem vierzehnten Lebensjahr, mittlerweile ist er vierundvierzig. Er trinkt täglich einen Kasten von dem Getränk, also sechs Liter pro Tag. In einem Jahr sind das 2.190 Liter, in 30 Jahren sind das 65.700 Liter!

Nach jedem Kasten Bier hat Biermann einen Filmriss. Jeden Tag einen Filmriss. Biermann nimmt also seit dreißig Jahren nicht mehr an seinem eigenen Leben teil. Genauer gesagt, er erinnert sich nicht mehr an seinen vorherigen Tag.

Sein Vater starb zwei Stunden vor seiner Rente. Hatte Nachtschicht, der Arme. Seine Mutter arbeitet nach wie vor in der Kohlenwäscherei, wo sonst. Aber nur noch zehn Jahre, dann wird sie siebzig und kann ihren wohlverdienten Lebensabend genießen. Doch wenn sie genau so ein Pech hat wie ihr Herr Gemahl, kann sich so ein Lebensabend schon mal schnell auf wenige Stunden reduzieren. Dann könnte es nämlich sein, dass sie gerade als frisch gebackene Rentnerin nach der letzten Spätschicht pünktlich zu ihrem wohlverdienten Lebensabend nach Hause kommt. Denkt sich: «Oh, fast viertel nach acht, Dalli Dalli kommt gleich in Sat 1! Zwar 'ne Wiederholung von 1874, aber damals kam ich ja nie dazu.» Schnell eilt sie in die Küche, um ein Ei in die Pfanne zu hauen. Und dort wird sie dummerweise Teil einer scheiß Statistik, die besagt, dass 65 Prozent aller Unfälle im Haushalt passieren. Und 10 Prozent sogar mit tödlichem Ausgang. Sie wird mit ihrer Staublunge nach Luft ringen, ein Ei fallen lassen, darauf ausrutschen und dieser scheiß Statistik zum Opfer fallen. Und ihre vielen Jahre harter Arbeit werden nur noch Erinnerung sein. Die versilberte Taschenuhr wird im Pfandhaus nach einem neuen Besitzer Ausschau halten. Und die paar Euros, die Biermann dafür abstauben kann, werden in Form von Billigbier in seiner Wampe herumschwappen ...

Ich hoffe, er ist zu Hause, dann kann er mir ein paar Euros leihen. Nur bis morgen!

Auf der anderen Straßenseite sehe ich, wie sich Dr. Senfmann mit seinem Fahrrad durch die Fußgängerzone schlängelt. Entweder ist er besoffen oder er hat Schwierigkeiten, durch die Fußgängermasse zu kurven. Heute ist nämlich Zahltag, Monatsanfang. Da ist die halbe Bevölkerung hier auf Achse, und das bei 95 Prozent Arbeitslosenanteil! Auf zehn Arbeitslose kommt nicht einmal mehr ein 3/4 Mensch. Es ist paradox, denn im Grunde müssten die Straßen hier menschenleer sein. Aber nein, die Leute stehen hier sogar an den Ampeln Schlange, gehen gruppenweise über die Straße. Und bei diesem Andrang kann es vorkommen, dass ein Arbeitsloser erst gegen Mittag an seine Frühstücksbrötchen kommt. Es ist nämlich so, dass wir, die Arbeitslosen, nicht mehr als Menschen gesehen werden. Eigentlich werden wir von der arbeitenden Bevölkerung als Randgruppe bezeichnet, doch hier in unserem Stadtteil trifft dies nicht zu. Hier sieht das Ganze ein wenig anders aus. Zur Randgruppe gehören hier der Bäcker Meier, der Fleischer Klein und der Friseur Metzler. Der Rest der Einwohner ist nicht erwerbstätig. Wenn ich also von heute auf morgen eine Arbeitsstelle vermittelt bekäme, was unwahrscheinlich ist, wäre ich sofort eine Randgruppe. Ich würde mit meiner Dachdeckerkluft an einer dieser mit Arbeitslosen vollbesetzten Parkbänke vorbeilaufen, und sie würden mit Fingern auf mich zeigen und sagen: «Guckt mal da, die Randgruppe! Heute alleine unterwegs, wa?»

«Ey, Senfmann!», rufe ich. Er schaut kurz zu mir herüber, dann landet er mit Highspeed in einer Gruppe von Rentnern. Rentner gibt es hier wenig, ich glaube, nur die Koslowskibrüder und noch vier Überlebende der Bergwerksdynastie. Die

Koslowskis hängen am Fenster, die vier anderen Rentner liegen jetzt am Boden. Oben auf Dr. Senfmann mit seinem Fahrrad.

«Alles klar?», wollte ich ihn eigentlich nur gefragt haben, doch das hat sich jetzt wohl erledigt. Die Rentner machen mobil und attackieren Senfmann mit ihren Spazierstöcken. Mit schmerzverzerrtem Gesicht gelingt es ihm, das Weite zu suchen. Die Rentner, die man hier vergeblich sucht und die normalerweise das Stadtteilbild entscheidend mitprägen sollten, sind früher als erwartet verschieden. «Staublunge», hieß es dann meistens. Den frisch gedruckten Rentenbescheid noch in der linken Hand haltend, bekamen die armen Hunde von den Hausärzten das Attest in die rechte Hand gedrückt. «Es tut uns leid», wurde dann noch geheuchelt. Aber zum Glück gab es ja die versilberte Taschenuhr für ewig treue Dienste. Vielleicht auch nur eine zynische Geste, um ihnen zu zeigen, dass ihre Zeit gekommen war.

Das Pfandhaus hat bis 18 Uhr geöffnet. So ein paar gespendete Pullen Bier könnten meinen Ohne-feste-Arbeit-Alltag wesentlich freundlicher gestalten. Einen Augenblick lang denke ich, ich hätte eine Staublunge, hätte es quasi nötig, rücksichtslos an mein eigenes Überleben zu denken.

Sollte Biermann jetzt nicht zu Hause sein, müsste ich wieder auf die letztmöglichen Alternative zurückgreifen und den Park aufsuchen. Ehrlich gesagt, hängt mir das Herumhängen im Park so langsam zum Halse heraus.

Früher interessierte ich mich wenigstens noch für Sport. Bin tagtäglich die ganzen Trimm-dich-Pfade abgelatscht, habe mich sogar an der einen oder anderen Stange emporgezogen, um meine sportliche Figur zu bewahren. Habe auf Moos bewachsenen Baumstämmen balanciert, nur um mich für das schwindlige Leben, das mich noch erwartete, zu rüsten. Ein wenig hilft mir diese hart antrainierte Fähigkeit noch, im täglichen Leben meinen Mann stehen zu können. Wenn ich im Arbeitsamt in der Schlange stehe zum Beispiel. Oder im Supermarkt vor der Kasse.

Heute kenne ich Sport nur noch von weitem. Wenn ich mal an einer dieser Muckibuden vorbeilaufe oder Inlineskater bei ihren ersten Rollversuchen beobachte.

Kurz entschlossen stecke ich mir ein sportliches Ziel. Ich werde Biermanns Bude in fünf Minuten erreicht haben. Nach zehn Minuten gebe ich dieses Vorhaben aber wieder auf. Der Wille ist ja da, nur das Seitenstechen macht mir zu schaffen. Ich schalte einen Gang runter und komme prompt zum Stehen. Schnell und ausdauernd bin ich nicht mehr, noch ein Grund, mir ernsthaft Gedanken zu machen. Doch nicht mehr heute. In gemäßigtem Schritttempo gehe ich nun auf Biermanns Heim zu.

Vor seinem Hauseingang sitzen zwei Punks. Sie fragen mich automatenhaft nach einem Euro. «Nee, habe ich nicht, sorry», antworte ich, gehe an ihnen vorbei und betrete den schmuddeligen Hausflur. «Piss off», ruft mir einer hinterher. Die Wände wurden seit Jahren nicht mehr gestrichen. Der Putz liegt auf dem Fußboden herum und der Treppenaufgang sieht auch nicht gerade gesundheitsfördernd aus. Ängstlich wie eine alte Oma klammere ich mich an das zum Teil morsche Geländer und schreite vorsichtig nach oben.

Biermann wohnt direkt unterm Dach. Zum Glück trage ich wasserdichte Schuhe. Das Dach ist nämlich noch undichter als Biermann. An allen Ecken regnet es durch. Einmal fragte er mich, ob ich nicht ...

«Biermann», entgegnete ich gereizt, «ich bin zwar Dachdecker, aber nicht blöd, geschweige denn lebensmüde. Dieses Dach würde ich nicht mal betreten, wenn es flach auf dem Boden liegen würde.» Da war er für einen Moment beleidigt. Ich reichte ihm ein Bier und alles war wieder in Ordnung.

Das Haus hat vier Stockwerke. Je höher man kommt, desto abgrundtiefer sieht man die Welt in ihrer skurrilen Vielfältigkeit. Hier teilt sich eine mehrköpfige Familie eine 40-Quadratmeter-Bude, während sich anderswo ein allein Lebender in seiner großen Wohnung verirrt. Die Toilette befindet sich zwischen zwei Stockwerken.

Eine kleine Traube von Menschen steht davor, die Klopapierrollen unter die Arme geklemmt. Schon wieder werde ich nach einem Euro gefragt, diesmal von einem Irokesen, der sicher sonst nichts mehr zu fragen hat. «Piss off!», hallt es zum zweiten Mal durch den Hausflur.

Endlich oben angekommen, klopfe ich zweimal vorsichtig an Biermanns Tür. Diese steht einen Spalt weit offen. Biermann antwortet nicht. Ich betrete den Raum und sehe zwischen Stapeln von Zeitschriften leere Bierdosen, Gerümpel, zertrümmertes Mobiliar, Flaschen, volle Aschenbecher, Brillengläser, vollgestopfte Tüten, Kleidungsstücke, Hosenträger und Mützen. Dahinter liegt Biermann, schlafend oder tot. Ich rüttele und schüttele ihn, keine Regung. Dann kippe ich die Bierflasche, die er in seiner Hand hält, über seinen Kopf aus.

Aha, Biermann lebt, und zwar ziemlich laut. «Bist du eigentlich bescheuert, Bowski?», faucht er mich an. «Das war meine letzte Pulle, du Arsch!»

«Mein Gott, ich dachte, du wärst tot», entschuldige ich mich.

«Das ist noch lange kein Grund, mein letztes Bier zu verschütten», schimpft er.

«Reg‘ dich ab, ich besorge uns neues.»

Ein freundliches Grinsen verteilt sich auf seinem Gesicht. Beruhigt suche ich einen geeigneten Sitzplatz, die ganze Lauferei hat mich fertig gemacht. Da ich aber keinen finde, lehne ich mich an den Türrahmen, der sich gleich darauf verzieht. Biermann scheint es aber nicht zu registrieren oder es ist ihm eh egal.

«Heute schon was vor?», frage ich halb interessiert.

«Nö», antwortet er und schaut dabei verloren durch den Raum.

Nach längerem Schweigen meint er: «Die Bude ist ein Haufen Müll, ich sollte ausziehen ...»

«Aufräumen ist billiger», versuche ich ihn aufzuklären.

Er nickt nur, sagt aber nichts weiter.

«Ich gehe dann mal Bier holen», sage ich, um das Thema zu wechseln.

«Jau, eine gute Idee», meint Biermann und grinst wieder.

Ich tue so, als wollte ich den Türrahmen richten, warte aber nur auf ein ‹Schon gut› seinerseits.

«Schon gut», sagt er dann tatsächlich, «ich ziehe sowieso bald aus.»

«Ja, dann», nuschele ich noch und begebe mich wieder auf die morsche Treppe. Dabei weiß ich nicht so recht, wovor ich mehr Angst habe, die Treppe hinunterzugehen oder einen Blick in meine Geldbörse zu werfen. Meine Börse ist leer, genauso leer wie mein Versprechen, Bier zu holen, wenn mir nicht schnellstens etwas einfällt. Es knirscht und knarrt bei jedem Schritt, den ich mache. Jeden Moment könnte die Treppe einstürzen. Fest umklammere ich die Überreste des Geländers, das an die Stufen montiert ist. Zwischen der zweiten Etage und dem Erdgeschoss drücke ich mich an der Wand entlang, denn dort gibt es überhaupt kein Geländer mehr. So komme ich zwar sicher unten an, habe dafür aber den kompletten Wandputz des Treppenhauses an meinem Rücken kleben.

Die Punker sitzen immer noch im Hauseingang und murmeln gewohnheitsmäßig: «Haste mal 'nen Euro?», vor sich hin. Nachdem sie mich gesichtet haben, höre ich den zweiten Satz, den sie stotterfrei von sich geben können: «Piss off!»

«Ihr mich auch», kontere ich.

Beide stehen daraufhin auf. Der eine fragt mich höflich: «Wat war das gerade, Alter?»

Nach einer kurzen Rangelei und heftigem Wortwechsel habe ich die Einsicht gewonnen, in Zukunft besser nix zu sagen, wenn es nicht unbedingt sein muss. Jetzt könnte ich wirklich ein Bier gebrauchen, und Biermann kann mich mal am Arsch lecken. Ich beschließe, meinen heutigen Tag anders zu gestalten. Irgendwie scheint mein Leben nicht so zu verlaufen, wie ich es mir als Kind vorgestellt habe.

Suchst du?

Mein Umgang, die Menschen, mit denen ich zu tun habe, bringen mich einfach nicht nach vorne. Das Stück Erde, das ich Tag für Tag bewohne, und wo mich herumtreibe, auch nicht.

Als Kind träumte ich davon, eines Tages in einem großen Auto zu sitzen. Und? Ich fahre Linienbus. Zwei Euro zehn eine Strecke. Meist endet die Fahrt aber schon am Park, wo ich dann den restlichen Tag doof abhänge und unsinnige Gespräche mit seltsamen Menschen führe. Dabei hatte ich mir damals noch vorgestellt, wie ich in meiner nahe liegenden Zukunft mit den schlauen Leuten über Kunst, Literatur und Politik diskutieren würde. Heute weiß ich gerade mal, dass die Fettecke keinen rechten Winkel hat und das Wahlrecht alleine noch keine Demokratie ausmacht. Doch ansonsten bin ich ein Trittbrettfahrer in Bezug auf Kunst und Kultur. In meiner Suche-nach-mir-selbst-Phase habe ich einige Bücher gelesen, die mir beim Finden helfen sollten. In den Büchern suchte einer sich in den Tiefen der tropischen Wälder. Geholfen hat ihm ein Voodoo-Zauberer, indem er eine Tüte voll Kräuter unters Essen mischte. Ein anderer suchte sich in den Weiten des Weltalls. Dorthin gelangte er, indem er ein heißes Bad in den Ardennen nahm. Keine Ahnung, wie er das geschafft hat. Andere wiederum erleichterten sich ihre Suche ohne Bücher, indem sie bewusstseinserweiternde Drogen zu sich nahmen in Form von Pilzen oder Pillen. Und als sie dann glaubten, sich gefunden zu haben, waren sie psychisch so durch, dass sie sich am liebsten sofort wieder vor sich selbst versteckt hätten. Ich gab beides schnell auf. Sowohl die Suche nach mir selbst als auch das Lesen von Büchern, die davon handelten. Ich kam zu der Erkenntnis, dass es genügt, morgens in den Spiegel zu schauen. Da sah ich mich dann immer gleich. So konnte ich mir die ganze bescheuerte Suche sparen. Okay, wenn ich mich da in der Frühe im Spiegel betrachtete, wäre ich manchmal schon gerne losgelaufen, um mich neu zu finden.

Nachdem ich die Suche aufgegeben hatte, wurde mir klar, dass ich nicht alleine auf der Welt war. Es gab auch noch andere Menschen, die meine Aufmerksamkeit verdienten. Meine Kumpel Dr. Senfmann, Biermann, Sense, der kleine Lötke und Walter. Das waren so ziemlich die Einzigen, die nie auf der Suche nach sich selbst waren. Erstens hatten sie keine Zeit, weil sie ständig auf der Suche nach irgendwelchem Stoff waren, und zweitens glaubten sie alle miteinander, dass es so was wie ein eigenes Ich gar nicht gibt. Das war auch eine ihrer Entschuldigungen, mit Drogen zu experimentieren. «Da ich kein eigenes Ich habe, nimmt die Drogen ja logischerweise ein anderer», behauptete Sense einmal. Irgendwann aber war ihm die Kohle für Drogen ausgegangen. Das Amt fühlte sich auch nicht mehr für ihn zuständig. Und so fing auch er eines Tages doch an, sich selbst zu suchen.

Ich traf ihn letzte Woche, nachdem ich ihn Jahre nicht mehr gesehen hatte. «Und, Sense, immer noch auf der Suche nach dir selbst?», scherzte ich als Begrüßung.

«Nee, habe mich vor langer Zeit schon gefunden ... die Suche hat sich gelohnt», entgegnete er überheblich.

Ich hielt inne, atmete flach, um die Pointe nicht zu überhören. So standen wir uns eine ganze Weile gegenüber. «Nun erzähl schon. Warum hat sich die Suche gelohnt?,» durchbrach ich schließlich das Schweigen.

Sense schaute mich vorwurfsvoll an. «Fällt dir nichts an mir auf?»

Er sah nicht ungewöhnlich aus. Die Zeit schien zwar an seinem Aussehen genagt zu haben, doch im Grunde wirkte er wie immer. Unter seinen paar grauen Haaren schien die Glatze durch. Ein Bauchansatz wölbte sich unter seinem billigen T-Shirt und seine Größe von 1,60 m schien auch unverändert.

«Also wenn ich ehrlich bin, siehst du aus wie immer», sagte ich, versuchte dabei ernst zu gucken und begab mich in Erwartungshaltung, was nun kommen würde.

Nach einer kurzen Pause meinte er: «Ich bin älter geworden», und grinste.

«Das ist allerdings nicht zu übersehen», spottete ich, schaute ihn von oben bis unten an und warf ihm gleich noch eine Frage um die Ohren. «Sense, jetzt mal ernsthaft, alt werden wir alle von alleine. Warum musst du da gerade die Technik des Suchens wählen? Baust dich hier vor mir auf, als wärst du irgend so eine bekloppte Gottheit, und erwartest von mir, in deinem Fettwanst und deinen übrig gebliebenen Haaren eine Art selbst gefundenes Genie zu entdecken?»

Sense stand mit offenem Mund vor mir. Ich sah, dass er etwas sagen wollte, konnte aber nicht. Schweißperlen bildeten sich auf seiner Stirn. Ein nervöses Gesichtszucken gab seine Verlegenheit preis. Sense sah wirklich erbärmlich aus. Auf mich wirkte er kränklich, obwohl er das Gegenteil behauptete.

«Die Suche hat sich gelohnt», hallte es noch in meinen Ohren, als er plötzlich meinte, er habe Kontakt mit seinem höheren Selbst aufgenommen.

Im Nu standen nun mir die Schweißperlen auf der Stirn und gewisse Anzeichen von Kränklichkeit schienen sich auch bei mir einzustellen. Höheres Selbst? Es war ja nicht so, als hätte ich von diesen Dingen noch nie etwas gehört. Doch wenn ich Sense im Ganzen betrachtete, zweifelte ich an seiner Behauptung. So dick wie er war, konnte ich mir eher ein breiteres Selbst vorstellen. Er wirkte auf mich ziemlich klein und dies war er im Grunde auch. Also erschien mir ein persönliches höheres Selbst bei ihm eher paradox.

Jahrelang habe ich mich mit diesem ‹höheren Selbst› auseinander gesetzt. Es soll angeblich so eine Art innere Stimme sein, die einem zur Seite steht, wenn man mal Probleme hat. Spirituelle natürlich. Für Geldsorgen ist dieses Selbst nicht zuständig. Leider. Also nur für solche Sachen, die mit spiritueller Reife zu tun haben. Doch was ist das überhaupt, diese spirituelle Reife? Entwicklung des Glaubens? Festigung der inneren Kräfte? Unterstützung der Selbstverwirklichung? Man munkelt ja, dass wir alle mal wiedergeboren werden. Diese Karmageschichte. Und einige Menschen behaupten, dass dieses höhere Selbst so eine Art Karmatherapeut sei. Und nur wenn man auf einer ganz speziellen Wellenlänge ist, kann man mit diesem Therapeuten kommunizieren.

Wieder begutachtete ich Sense mit meinem kritischen Blick. Vielleicht war er verrückt geworden, dachte ich kurz. Oder er war auf einer seiner Drogen hängengeblieben. Man hatte ja oft genug davon gehört. Diese Typen nehmen so was wie LSD oder Meskalin. Dann, nach einer halben Stunde, tritt die Wirkung ein. Meist in Form von ‹Gottessichtungen›. Und die, die auf dieser Droge hängenbleiben, dürfen dann den Rest ihres Lebens mit diesem Gott umherlatschen. Und so ein Gott kann einem ganz schön auf den Sack gehen. Er quatscht dich mit seinen Geboten voll. Hat zwar nur zehn im Angebot, aber diese zehn beinhalten alles, um dich dein Leben nur noch begrenzt ausleben zu lassen: Klau nix! Bringe keinen um! Und wenn, dann nur auf Kreuzzügen, in meinem Namen. Begehre nicht des Nachbarn Weib! Äh ... alle fallen mir im Moment nicht ein, außer noch: Du sollst keinen anderen Gott haben neben mir! Das kann doch sowieso nicht geschehen, höchstens bei 'ner Überdosis einer dieser Drogen.

Ich schaute Sense jetzt noch etwas genauer an. Ein bisschen fertig sah er schon aus, doch konnte ich nicht genau ausfindig machen, woran es lag. Drogen oder Gammelphase? Ich hatte keine Ahnung. Für mich sah er an jenem Tag auf keinen Fall glaubwürdig aus. Kurzerhand beschloss ich, keine Zeit mehr zu haben und verabschiedete mich von ihm. «Ich werde mir die Sache mit dem höheren Selbst noch mal durch den Kopf gehen lassen. Wenn ich auch so etwas in mir finden sollte, können wir vier uns ja mal auf eine Tasse Kaffee treffen oder ein Tennisdoppel spielen», scherzte ich und wandte mich zum Gehen.

«Geh mit Gott», sagte er nur und setzte dabei ein seltsames Grinsen auf.

«Wie soll ich das denn machen? Ich denke, der zieht schon mit dir um die Häuser», musste ich noch loswerden und ging. Irgendwie konnte ich die Sache mit dem höheren Selbst nicht so ganz nachvollziehen. Doch dies sollte sich bald ändern ...

Während ich gedankenverloren meines Weges gehe, übersieht mich ein Autofahrer. Wäre alles halb so schlimm, würde er rechtzeitig bremsen. Doch wie sollte es an meinem Glückstag auch anders sein, er tut es nicht. Ich fahre, auf seiner Kühlerhaube liegend, einige Meter in seiner Richtung mit. Mit schmerzverzerrtem Gesicht schaue ich durch die Frontscheibe des Autos in das Gesicht des verdutzten Fahrers. Er betätigt die Bremsanlage und bringt sein Auto so abrupt zum Stehen, dass ich durch die Wucht des Bremsens von der Haube geschleudert werde und einige Meter die Straße entlang rolle.

Mit einem Satz stehe ich wieder und klopfe mir den Dreck von meinen Klamotten. «Hm, Schmerzensgeld ...», ein Wort wie Musik tanzt in meinem Kopf. Ein Lächeln breitet sich über meinem Gesicht aus, hängt sich an meinen Ohren fest und verharrt dort erst mal. Ich reibe mir die Hände und sehe mich im Geiste schon mit zwei vollgepackten Einkaufstüten aus dem Supermarkt schlendern. Mein Lächeln verflüchtigt sich allerdings rasch wieder, weil mich jetzt ein Wutanfall packt. Von meinem vermeintlichen Geldspender sehe ich nur noch die Rücklichter seines Autos. «Fahrerflucht, RE-XZ 4045 ...», schnell kombiniere ich und denke nun an noch mehr Einkaufstüten. Wild krame ich in meinen Taschen und suche nach einem Stift. Klopfe mich wie ein Irrer von oben bis unten ab. «RE-XZ 4054», geistert es währenddessen durch meinen Kopf. Gut, dass ich so ein trainiertes Zahlengedächtnis habe.

Einen Stift kann ich nicht finden. Fest präge ich mir noch mal das komplette Kennzeichen ein, «RE-ZX 4540», und renne los. Ein Kiosk, eine Kneipe, ein Passant. Irgendwie muss ich mir schnellstens einen Stift besorgen. Hier geht es immerhin um mein Recht und meinen leeren Magen. Ich ziehe leicht mein Bein nach, es ist ja nicht so, dass ich irgendetwas geschenkt bekommen möchte. In einiger Entfernung erkenne ich einen Laden und so ziehe ich mein Bein etwas schneller hinterher. Denn wenn ich das Kennzeichen vergessen sollte, kann ich mir auch gleich mein Schmerzensgeld abschminken. Und dies sehe ich keinesfalls ein. Immerhin bin ich arbeitslos und brauche die Kohle.

Der Laden hat geschlossen. *Wegen Konkurs geschlossen!*, steht da in Kindergartengekritzel auf einem Stück Pappe. RE-ZX 4054 oder war es XZ 4054? Oder etwa doch ZX, aber 5440, statt 4054? Nein, es war XZ 4540, oder? Scheiße! Kindergartengedächtnis! Mit vergessenem Kennzeichen stehe ich jetzt vor einem Laden, der wegen Konkurses geschlossen wurde.

Ein großer Möbelwagen hält neben mir. Zwei gut gebaute Kerle steigen aus. Der eine haut mir freundschaftlich auf die Schulter. «Du sehen aus, als hätten Problem.»

Mir fällt dabei sofort meine innere Stimme von vorhin ein. Ich begutachte die beiden von oben bis unten und antworte dann schlicht: «Nein, habe ich nicht, aber danke der Nachfrage.»

«Du sehen aus wie arbeitslos», sagt der andere.

«Wie klein die Welt doch sein kann», antworte ich in einem etwas zynischen Tonfall.

Die beiden gucken sich an und beraten sich per Blickwechsel, dann schauen sie zu mir zurück. «Wir können dich helfen, wir hätten eine Job für dir», meint einer der beiden und lächelt freundlich.

In meiner Phantasie bin ich von einem Moment auf den nächsten in Asien. Mache schnell ein paar Fotos und sehe mich im nächsten Augenblick bei den Models, die mich massieren. «Thaimassage ...», höre ich mich sagen.

Beide schauen sich verdutzt an. «Wir dachten da eher an Möbelschleppen», gibt der eine von sich. Unwillkürlich fasse ich mich an meinen unteren Rückenbereich.

«Möbelschleppen?», ich wiederhole das Wort in einem Tonfall, als würde ich über die Pest sprechen. Ich erinnere mich an einige Vorfälle aus meinem Berufsleben. Vor allem an die Bandscheibenvorfälle. Eine üble Sache. Die ganze Schlepperei in meinem Leben führte dazu, dass meine Wirbel aufeinander schleifen. Und nicht nur das. Auch mich selber schleife ich nun schon vierzig Jahre durchs Leben, da müssen die Bandscheiben einfach im Arsch sein. Und jetzt soll ich noch Möbel schleppen, womöglich noch Möbel, die älter sind als ich? Eiche rustikal. Keine Ikea-Dachlatten-Regale. Nein, Wohnzimmerschränke, so groß wie Häuser. Marmortische zwei mal zwei Meter.

Skeptisch schaue ich die beiden Arbeiter an, die sich eigentlich kaum von mir unterscheiden. Außer dass sie vielleicht doppelt so breit sind wie ich und Arbeit haben. Nehme ich die Arbeit an, besteht der Unterschied zwischen uns nur noch in der Breite. Die meisten Menschen, die meinen Lebensweg kreuzten, waren breiter als ich, also kommt es auf zwei mehr oder weniger nicht an. Ich entscheide mich, die Arbeit anzunehmen. Also ist der nächste Punkt, der angesprochen werden muss, das Geld.

«Wie sieht es denn mit der Bezahlung aus?», frage ich zurückhaltend. Ich lege ein Gesicht auf, als hätte ich jahrelang nichts anderes getan als Möbel zu schleppen.

«Acht Euro», schießt es aus dem Munde eines dieser Arbeiter.

«Zehn», kontere ich selbstsicher.

«Neun», erwidert der andere.

«Zehn», kontere ich.

«Acht», singen jetzt beide. So geht es kurz hin und her.

«Na gut, dann eben acht Euro.»

Einer der beiden öffnet nun die riesigen Türen des Möbelwagens. Ich bekomme einen ersten Einblick in das Innere des Transporters und meine Augen weiten sich. Meine Vermutung bestätigt sich: Möbel, die mein Lebensalter bei weitem überschritten haben. Gleich ganz vorne blendet mich der schwarze Lack eines Klaviers.

«Ja, dann wollen wir mal», gebe ich frohgelaunt von mir. Zu dritt zerren wir an dem Klavier. Mit hochroten Köpfen versuchen wir, das massive Möbelstück aus dem Wagen zu hieven. Ein Knacken und Knarren hallt durch die sonst so stille Straße. Die Geräusche könnten vom Klavier, dem alten Teil, kommen, doch genauso gut kann es mein Rücken sein, der vergleichsweise noch recht jung ist. Mit aller Kraft ziehe ich an dem fetten Musikinstrument, ohne dass es sich auch nur einen Millimeter verrücken lässt. Selbst die beiden gut gebauten Typen scheinen nicht über genügend Kraft zu verfügen. Das könnten die am schwersten verdienten acht Euro meines Lebens werden, schießt es mir durch den hochroten Kopf. Ich habe das Gefühl, als würde sich mein gesamter Bluthaushalt in meinem kleinen Kopf stauen, nach einem Abfluss Ausschau halten und gleich aus den Ohren schießen. Eine gute Viertelstunde krebsen wir hilflos herum, ohne das sperrige Möbelstück auch nur ansatzweise von der Stelle zu rücken. Die acht Euro Arbeitslohn werden immer bedeutungsloser für mich und ich spiele mit dem Gedanken, das Weite zu suchen.

«Ich muss mal für kleine Jungs», entschuldige ich mich bei den beiden. Mit leicht beschleunigtem Schritt entferne ich mich von dem Möbelwagen und den beiden Packern. Ein weiterer Tag meines Lebens geht damit zu Ende. Noch immer bin ich pleite, habe keine Aussicht auf eine feste Arbeit und bin wieder darin bestätigt worden, dass körperliche Arbeit nicht so mein Ding ist.

Zu Hause angekommen, toaste ich mir etwas Restbrot ... und nicke während der Wartezeit ein.

Wie ich im Traum mein <Hohes Selbst> flachlegte

Wieder kommt der alte Traum hoch, wie ich braungebrannt am Strand von Pui Mui liege, einer Insel für Aussteiger. In liegender Position fotografiere ich die vorbeilaufenden Inselschönheiten. Die schwüle Hitze schnürt meinen Rachen zu und es fällt mir schwer zu atmen. Ich lasse meine ausgetrocknete Zunge einen Fruchtcocktail bestellen. Mit viel Eis und einem doppelten Schuss Rum. Die Bedienung ist sehr schnell. Noch bevor ich meinen Wunsch zu Ende formuliert habe, steht sie schon mit einem beladenen Tablett neben mir. Die Frage, ob sie mir noch meinen Nacken massieren dürfe, bejahe ich durch leichtes Kopfnicken. Das Schicksal scheint es gut mit mir zu meinen. Meinen übergroßen Sonnenhut ziehe ich mir schützend ins Gesicht, denn die Sonne brennt auf meiner Haut. Fast empfinde ich die Hitze als unerträglich, doch nur fast. Ich lächle. Plötzlich zieht beißender Qualm in meine Nase. Es riecht nach etwas Verbranntem.

Das Restbrot. Es hat sich im Toaster verhakt und kokelt wohl schon so eine ganze Weile vor sich hin. Ich bin nicht in Pui Mui und warm ist mir auch nicht gerade. Aber ich habe doch tatsächlich eine Idee, wie ich an Geld kommen könnte. Der Geruch des verbrannten Brotes muss eine in mir wohnende Hirnzelle angeregt haben. Es war irgendetwas mit Brot, Rum und Chinesen oder so ähnlich.

Wie ein Wilder springe ich auf. Ziehe hastig etwas über und laufe ins Freie. Schattenton, mein Gedanke dreht sich um

Schattenton. Schattenton wird genau wissen, wie man diese Idee realisieren kann und zu Geld macht. Die Idee muss von diesem höheren Selbst kommen, eines von der Sorte, wie es Sense begegnet ist.

Hinter mir knallt die Haustür zu. Draußen regnet es, meinen Haustürschlüssel habe ich in der Eile auf dem Küchentisch liegen lassen, auch meinen Regenschirm. Und meine Schuhe, die stehen ebenfalls noch im Flur.

Egal, schnellen Schrittes steuere ich in der Dunkelheit auf Schattentons Hütte zu. «Super Idee», geht mir durch den Kopf, «super Idee». Doch welche Idee war es eigentlich noch mal? Chinesisches Rumbrot? Oder waren es Stutenkerle aus Rum in Chinesenform? Ach scheiße, was war es denn noch?

Jetzt habe ich in der Hektik diese super Idee wieder vergessen. Zurück brauche ich nicht zu laufen, weil Ideen hat man ja normalerweise im Kopf. Doch der hängt jetzt an meinem Hals und wird auch noch mit Nieselregen begossen. Der Haustürschlüssel liegt auf dem Küchentisch, und den kann man nur erreichen, wenn man einen Haustürschlüssel hat. Da ist er wieder, einer dieser bescheuerten Teufelskreise.

Doch zurück zum höheren Selbst, auch wenn mir der rechte Glaube daran fehlt. Mein Zweifel sagt mir, dass so ein höheres Selbst bei so einem Scheißwetter bestimmt nicht rauskommt. Vielleicht haben die ja auch Schlechtwetter. So wie Bauarbeiter.

Vorsichtig schaue ich um mich, die Straßen sind wie leer gefegt. Vielleicht will es mein Schicksal so oder nur meine Neugier. Jedenfalls falte ich, wie von Geisterhand gesteuert, meine Hände zu einem Gebet zusammen. Meine kalten Handflächen berühren sich, am liebsten hätte ich jetzt ein paar mollige Handschuhe. Oder wenigstens eine dicke warme Jacke. Denn so ohne Schuhe, nachts um zwei Uhr, an einer verlassenen Kreuzung, bei Platzregen und kaltem Ostwind, ist es einfach scheiß ungemütlich.

Durch schnelles Reiben meiner Handflächen versuche ich meine Körpertemperatur zu steigern. Was nützt mein Gebet, wenn ich währenddessen vor Kälte erfriere? Also reibe ich. Und reibe und reibe und reibe. Wie eine Rose, eine Rose, eine Rose und eine Rose ist ...

Vielleicht ist dieser Vergleich blöd, doch mein Hirn hat sich durch die Kälte dermaßen verkrampft, dass mir ein klarer Gedanke verwehrt bleibt. Je schneller ich meine Handflächen aneinander reibe, umso wärmer scheint es mir zu werden. So langsam spüre ich eine angenehme Wärme, die von meinen Körper Besitz ergreift. Nun fühle ich mich auch bereit, ein Gebet zu sprechen. Ich senke meinen Kopf dem Asphalt entgegen, schließe meine Augen und beginne mit dem Versuch, einen Satz über meine Lippen zu bekommen.

Eine gute halbe Stunde stehe ich so da, ohne auch nur ein einziges Wort auszusprechen. Beten? Wenn ich ehrlich bin, habe ich noch nie zuvor gebetet. Und in der Kirche war ich das letzte Mal, um meiner eigenen Taufe beizuwohnen. Aber sonst? Im Grunde genommen hat die Kirche ja auch nichts mit Beten und dem dazugehörigen Glauben zu tun. Beten könnte ich ja im Grunde genommen überall. Könnte, wohlgemerkt. Ich kann aber nicht und das schon seit einer halben Stunde. Wahrscheinlich habe ich einfach Gebetsangst. So wie andere halt Klaustrophobie haben oder Hydrophobie oder Aerophobie. Ich habe eine Gebetsphobie. Und diese Gebetsphobie mischt sich ein wenig mit Thanatophobie. Jene krankhafte Form der Todesangst, die auf frische Luft bezogen ist. Von frischer Luft bin ich hier nämlich reichlich umgeben. Die bekomme ich barfuß so richtig zu spüren.

Ich habe Angst hier draußen zu erfrieren. Und wenn mir nicht langsam ein rettendes Gebet einfällt, werde ich wohl erfrieren müssen. Sterben. Ich, Ulle, vierzig, arbeitslos.

Wenn ich es mir genau überlege, warum eigentlich nicht? Was soll ich hier im Grunde genommen noch? Warum soll ich diesen wunderschönen Planeten noch mit meinem Gewicht beschweren? Warum? Ich bin doch arbeitslos. Und, so wie es im Moment um mein Liebesleben steht, auch noch ledig. Und dass ich bis auf Hose und T-Shirt nackt bin, also pleite, brauche ich ja nicht noch mal extra zu erwähnen. Oder vielleicht doch? Die ganze Feststellung, dass ich am Leben gescheitert bin, lässt mich wütend aufbrausen. Und so schreie ich zum Himmel hinauf: «Ey, Gott, danke! Danke, dass du mich hier so abfucken lässt. Danke, dass es dich gibt. Und danke, dass du dir die Zeit nimmst, mir zuzuhören. Hörst du mich? Sieh mich an. Schau genau hin. Hier stehe ich jetzt, fast nackt, so wie du mich geschaffen hast. Bis auf die Cordhose, die ist von Karstadt. Ich habe sonst nichts mehr. Hörst du mich? Nichts mehr. Kein Geld, keinen Job, keine Frau, kein Nichts. Ja, selbst nichts habe ich nicht mehr. Ende, finito, vorbei. Das war's, du kannst mich abholen.»

Meine Worte hallen durch die stillen Straßen. Aber nicht nur meine Worte, nein, auch Worte von Menschen, die jetzt an ihren offenen Fenstern hängen. Ich höre Sprüche wie: «Verpiss dich hier, du Spinner! Wir rufen gleich die Polizei. Arschloch, Vollidiot und noch mal Spinner.»

Wieder richte ich meinen Blick gen Himmel, der so schwarz ist wie die Gesichter der Bergleute, die es auch nur noch selten gibt. «Oma!», schreie ich mit ganzer Kraft, «Oma, wenn du da oben sein solltest, leg bei dem alten Mann doch bitte ein gutes Wort für mich ein, ja? Bitte!»

«Bitte ... bitte ... bitte,» hallt es durch die Straßen. Man könnte meinen, dieses Wort schieße einmal quer durch alle umliegenden Straßen.

Ich weiß, dass ich alleine bin. Weiß, dass mich kein Gott, keine Oma, kein Irgendwer hören wird. Enttäuscht senke ich meinen Kopf. Im nächsten Augenblick reißt mich ein stechender Schmerz aus meiner Lethargie. Ich fasse an meinen Kopf und verfolge mit den Ohren das klappernde Geräusch einer Blechdose, die sich noch eine Weile auf der Straße austobt.

«Verpiss dich endlich hier, du Spinner!», hallt es jetzt durch die Nacht.

Erschrocken blicke ich um mich und versuche, meinen Peiniger ausfindig zu machen. Mehrmals drehe ich mich im Kreis und schaue zu den Fenstern hoch, doch sehen kann ich niemanden. Ich fühle mich von Gott verlassen und von meinen Mitmenschen verstoßen. Ich verspüre eine endlose Leere in mir. Eine tiefe Trauer. Selbstmitleid. Ein grausiger Zustand. Keiner ist da, der mich bemitleidet. Keiner, der mitfühlen kann, was mich bewegt. Nur ich selbst bin es, der Mitleid mit mir hat. Ein sehr einsamer Zustand.

Warum? Mit dieser Frage trotte ich durch die Straßen. Das nasskalte Wetter lässt mich frösteln, aber es ist mir jetzt egal.

Was soll's, so spüre ich wenigstes noch, dass ich am Leben bin. Ich kicke eine Dose durch die Nacht, die ihren Tanz deutlich hörbar vor meinen Augen vollendet. Eine schwarze Katze huscht erschrocken an mir vorbei. Eine Katze sein, das wünsche ich mir insgeheim. Mein Herrchen würde mein Fell kraulen und dazu gäbe es leckeres Futter. Nachts würde ich um die Häuser schleichen und Nachbarskatzen schwängern. Oder ich würde Rivalen vertreiben, ihnen die Augen auskratzen. All die Dinge, die Katzen eben tun. Doch das wird nie geschehen. Also verscheuche ich diese Vorstellung aus meinem Kopf. Ich müsste ja nicht gleich eine ganze Katze sein, wenigstens das Fell sollte man mir gönnen, statt nur diese braune Cordhose und dieses T-Shirt.

Mittlerweile bin ich am Eingangstor unseres Parks angekommen. Die Straßenbeleuchtung funktioniert hier nicht, die Röhren wurden zerschlagen, wie sollte es auch anders sein. Stockfinster ist es und so still, dass ich mein Herz schlagen höre. Vorsichtig schleiche ich den Ascheweg entlang. Dringe tiefer in die Dunkelheit des Parks ein, als mir lieb ist. Die kleinen Aschekörner bohren sich in meine Fußsohlen und manches Mal schmerzt es auch. Der Wind lässt die Blätter der Bäume eine Geräuschkulisse erzeugen, die mich an alte Edgar Wallace Filme erinnert. An Psychopathen, an Mörder und laut bellende Dobermänner. Und natürlich an Schreckfresse Nr.1: Klaus Kinski.

Der starke Regen geht allmählich in einen ruhigen Nieselregen über. Das Haar klebt mir am Kopf, in dem es pocht wie das Herz eines herabfallenden Fallschirmspringers, der dummerweise seinen Fallschirm nicht öffnen kann.

Kopfschmerzen sind mittlerweile meine Wegbegleiter. Was mache ich hier eigentlich im Park? Und schon wieder geht es los mit meiner verzweifelten Frage, warum es mich überhaupt auf diesem Planeten gibt? Was mache ich hier? In diesem Sonnensystem. In diesem Universum. Was? Was? Was? Wieder richte ich meinen Blick gen Himmel. Die Regenwolken sind mittlerweile weitergezogen bis auf einige vereinzelte, die noch genau über mir stehen und sich selbst auswringen. Zwischen den paar Wolken sehe ich den klaren Nachthimmel, der langsam aufhellt. Sehe die Sterne, wie sie funkelnd am Himmel stehen. Der Mond in seiner hellen Pracht strahlt Teile des Parks an und beleuchtet ihn. In der Nähe sehe ich eine Parkbank. Kurz entschlossen lasse ich mich dort nieder. Um neue Energie zu sammeln und mir den Arsch abzufrieren. Mit meinem nackten Unterarm wische ich das Regenwasser von der glatten Fläche. Nachdem ich sie einigermaßen getrocknet habe, lege ich mich in dieser zusammengekrümmten Haltung, wie sie für Parkpenner üblich ist, auf die kalte Bank. Meine Handfläche dient mir als Kopfkissen. Ich mache mir warme Gedanken, um die Kälte erträglich zu machen. Liege gedanklich in einem großen warmen Bett. Übermüdet schlafe ich ein.

Im Traum erscheint mir eine halb nackte Frau und meint, sie sei mein höheres Selbst und habe kein Bock mehr, hier im Park rumzuhängen. Mit einem gekonnten Griff umfasse ich ihre Taille und ziehe sie zu mir auf die Bank. Als ich gerade mein höheres Selbst flachlegen will, wache ich erschrocken aus dem Gedanken auf. Ich zittere vor Kälte und mein Gehirn kommt nur langsam in Schwung.

Mittlerweile ist es schon hell geworden. Das erste, was es

von sich gibt, ist die Erinnerung, dass ich ja heute zum Arbeitsamt muss. Ich habe einen Geschmack im Mund, als hätte ich die ganze Nacht auf durchtränkten Bierdeckeln gekaut. Mein körperliches Befinden gleicht dem eines Schiffbrüchigen und mein Magen hängt auf halb acht. Erschöpft sitze ich wie ein Häufchen Elend auf dieser Parkbank. Den Kopf gesenkt beginne ich die Aschekörner zu zählen, die an meinen Füßen kleben. Nur so, zur Ablenkung. Jetzt müsste mir nur noch ein Vogel auf den Kopf scheißen. So als Sahnehäubchen, wie es bei einem leckeren Kuchen der Fall ist. Ich, die Mensch gewordene Taugenichtstorte. Alles, was mir jetzt eigentlich noch fehlt, um meiner Misere den letzten Schliff zu verleihen, wäre eine lebensbedrohliche Krankheit. «Wie wäre es denn mit Prostatakrebs oder einem Gehirntumor?», richte ich meine Gedanken an Gott. Mit ihm lauthals zu kommunizieren, halte ich nach den Erfahrungen der vergangenen Nacht für ein sinnloses Unterfangen.

Meine Grübelei lässt mich die herannahende ältere Dame zu spät erkennen, um mir noch rechtzeitig eine Erklärung für meine missliche Lage zurechtlegen zu können.

«Das ist ja wohl die Höhe», höre ich aus ihrem Mund. Ein verachtungsvoller Blick von ihr trifft mich. Außerstande, etwas zu erwidern, blicke ich nur schweigend zurück. Ich schüttele lediglich den Kopf, richte mich auf und gehe, ohne mich zu verteidigen, an der alten Frau vorbei. Geradewegs Richtung Ausgang des Parks.

Wolfgang

Ich brauche schnellstens ein paar Klamotten. Der Einzige, der in der Nähe des Parks wohnt, ist Wolfgang. Doch mit ihm habe ich nicht mehr so viel zu tun. Bis auf einige kurze Begrüßungen wechseln wir kaum noch ein Wort miteinander. Geheiratet hat er. Macht jetzt auf Familie. Mit Kind und Köter und so. Seine Schlankheit wich dem Körperumfang eines wohlgenährten Familienvaters. Seinen zuvor reichlichen Drogenkonsum tauschte er gegen ein gemütliches Feierabendbier. Und seinen Erol-Flynn-Schnauzer tauschte er gegen einen Opa-Bart in mittelgrau. Aber sonst ist er der Alte geblieben. Ich hoffe, er leidet noch unter dem Helfersyndrom, das ihm damals die Hare-Krishna-Brüder eingetrichtert haben. Ich hoffe.

Am Parkeingang schaue ich vorsichtig nach links und rechts, gucke, ob die Luft rein ist. Ich fühle mich wie ein Verfolgter. Wie ein Gesetzloser. So wie ein Verfolgter sich fühlen muss. Doch bin ich es nicht auch? Bin ich nicht eigentlich ein Verfolgter? Ein vom Pech Verfolgter? Einer, dem das Elend stets dicht auf den Fersen ist?

Reger Straßenverkehr beherrscht das Bild, das sich mir bietet. Vollbesetzte Busse mit Schulkindern. Rentner, die höchstwahrscheinlich ihren Hausarzt aufsuchen. Arbeitende Menschen in ihren Autos, auf dem Weg zur Firma. Nicht arbeitende Menschen, die im Dienstwagen zu privaten Treffen fahren. Ehebrechertreffen oder ähnliches. Ich kenne sie alle. Habe sie durchschaut. Die Seelen der Zivilisation. Die Stadtneurotiker. Ich schaue in ihre von Hast geplagten Gesichter. Sehe ihre unzufriedenen Blicke, mit denen sie ihre Umwelt wahrnehmen. Sehe ihre gestörte Beziehung zum Leben. An ihren Augen kann ich es erkennen. Kann in den Augen ihren Seelenzustand erkennen. Sehe ihre kleinen Wünsche. Sehe ihre Sorgen, ihre Nöte. Sehe, was ihnen wirklich durch die Köpfe geht. Ich sehe den Menschen mit seinen Grundbedürfnissen: Nahrungsaufnahme, Kleidung, Wohnung, Gesundheit, Sex und ... Sex. Bedürfnisse, die mir mein Leben nicht befriedigt.

Ein dickes Schulkind drückt seine Nase an die Busscheibe. Es sieht traurig aus. Vielleicht ist es eines dieser Kinder, das von seinen Mitschülern gehänselt und über den Schulhof gejagt wird.

In einem Moment, als die Straße ziemlich leer ist, überquere ich sie und renne Richtung Wolfgangs Wohnung. Er wohnt nur zwei Straßen weiter und so erreiche ich seine Haustür relativ schnell. Hastig haue ich auf den Klingelknopf und einige Gongs erschallen hinter der Tür. Durch den Türspion wird ein riesiges Auge erkennbar, das mich durchdringend mustert. Ungeduldig klopfe ich jetzt gegen die Tür. «Mach schon auf, ich bin's, Bowski.» Keine Regung, nur das überdimensionale Auge schielt hin und her und lässt nicht von mir ab. Das kann ja wohl nicht sein! Ist der Typ jetzt Paranoiker? Nochmals klopfe ich, nun etwas heftiger.

Endlich öffnet er die Tür. Zwar nur einen kleinen Spalt, sodass ich gerade mal seinen verfilzten Bart erkennen kann, aber immerhin.

«Hi Wolfgang, ich bin in einer verdammt misslichen Lage und brauche deine Hilfe», stottere ich in den Türspalt. Er murmelt ein kurzes «Hallo» in den Bart und lässt mich herein.

Dann verschwindet er in einen Nebenraum, kommt kurz darauf zurück und reicht mir eine Wolldecke.

«Setz dich erst mal, hol tief Luft und dann erzähl mir, was du auf dem Herzen hast», meint er freundlich zu mir. Dabei begibt er sich zur Kaffeemaschine. «Schonkaffee?», kommt fragend aus seinem Bart.

«Meinen Schlüssel auf dem Küchentisch liegen lassen und die Nacht im Park übernachtet», berichte ich ihm mit stöhnender Stimme. «Außerdem muss ich heute dringend zum Arbeitsamt und brauche ein paar frische Klamotten», hänge ich noch hinten dran.

«Schlüssel, Küche, Park?» Wolfgang sieht mit seinem Bart zehn Jahre älter aus, als er in Wirklichkeit ist. «Das kann ja auch nur einem passieren.»

Er müsste so um die Mitte vierzig sein, älter nicht. Wie er auf mich wirkt, sage ich ihm aber nicht. Ich erzähle ihm nur, was bei mir passiert ist.

Er krault sich an seinem Bart und setzt ein nachdenkliches Gesicht auf. «Hm, ein paar Klamotten brauchst du also ...», nuschelt er dann. «Oben auf dem Speicher habe ich noch ein paar ausgediente Sachen, da kannst du dir gerne was raussuchen.»

Erleichtert atme ich auf und sehe einen kleinen Lichtblick. Wolfgang ist ein wenig korpulent und ragt etwa zwei Köpfe über meinen Kopf hinweg. Die Klamotten werden mir sicher zu groß sein, aber in meiner Situation spielt das keine Rolle.

Er reicht mir eine Tasse heißen Kaffee und wirft mir dabei einen beruhigenden Blick zu. Ich wusste doch, dass auf Wolfgang Verlass ist, und schlurfe vorsichtig an dem dampfenden

Muntermacher. So sitzen wir da und beginnen, über alte Zeiten zu plaudern. Die so genannten guten alten Zeiten.

«Weißt du noch ...?», heißt es immer wieder. Und ich weiß und er weiß. Wir lachen und tauchen zufrieden in unsere Vergangenheit ein. Irgendwann landen wir im Jahre 1984. Mein Abgangsjahr, Hauptschule. Seine Wiedereingliederung in die Gesellschaft. Freigang, Jugendknast Spöckelhofen. Als ich noch schwitzend die Hausaufgaben vergessen hatte, hatte Wolfgang schon schwitzend vor dem einen oder anderen Richter gestanden. Meist ging es nur um vergleichsweise Belangloses, keine wirklichen Verbrechen. Seine Tätowierungen, die seine beiden Unterarme schmücken, täuschen natürlich anderes vor. *Peace, Love, Sibylle* und *No War.* Die üblichen Tattoos halt. Und eine Knastträne unter seinem linken Auge, die er sich hätte sparen sollen. Für seine vier Wochen Jugendarrest sieht er damit aus wie ein ewig Eingesessener, eigene Schuld. Und so verfangen wir uns in Erinnerungen, ohne dass ich auf die Zeit achte. Mittlerweile ist es zehn Uhr, wenn die Glockenschläge der Kirchenuhr nicht lügen.

«Ich will ja nur ungern unterbrechen, aber ich muss los», sage ich, weil Wolfgang jetzt in seiner verkorksten Kindheit angekommen ist. Die kenne ich gut. Vater Alkoholiker, Mutter durchgebrannt, Bruder tot, Heim, dann wieder Heim. Dann heimatlos, obdachlos, Suff und so weiter und so fort. Ich verberge ein Gähnen, indem ich mich nach hinten drehe und ihn auf sein tolles Familienfoto hinweise, was unübersehbar mitten auf einer leeren Wand platziert ist. Er mit seiner Frau und seinen zwei Kindern, lächelnd stehen sie vor einem Riesenrad.

«Oh, ihr wart auf der Cranger Kirmes? Schön!», sage ich und gähne noch einmal schnell.

«Na ja, man gönnt sich ja sonst nichts», gibt er lässig von sich und richtet sich dabei auf. «So, dann will ich mich mal um die Klamotten kümmern», meint er freundlich und winkt mir, ihm zu folgen.

Im Hausflur fuchtelt er einige Minuten mit dem Haken an der Dachluke rum. Entweder ist er kurzsichtig und sieht die Öse der Luke nicht oder er ist einfach zu dämlich. Endlich erwischt er die Öse und zieht die Luke abwärts. Ein Quietschen schallt durch den Flur. Eine Lawine aus uraltem Dreck rieselt auf den durchgelatschten Teppich. Hier oben müsse schon seit Ewigkeiten keiner mehr gewesen sein, will ich gerade sagen, doch Wolfgang kommt mir zuvor.

«Da oben war schon ewig keiner mehr», spricht er mit spannungsgeladener Stimme, so, als verberge sich auf dem Speicher ein Geheimnis.

Vorsichtig klettere ich hinter ihm her. Eine schwach leuchtende, freihängende Glühbirne erhellt den mit Staub überzogenen Dachboden. Kisten und alte Möbelstücke stapeln sich in der einen Ecke, alte Dachpfannen, Latten und sonstiger Ramsch in der anderen Ecke. An der Giebelwand steht ein morscher Kleiderschrank. Wolfgang läuft gezielt auf ihn zu und versucht, die Schranktür zu öffnen. Wild zerrt er daran, doch ohne Erfolg. Gespannt beobachte ich ihn und platze fast vor Neugier, was sich im Inneren des Schrankes wohl verbirgt. Wenn er schon sehr lange nicht mehr hier oben war, müssten sich mit Sicherheit auch sehr alte Klamotten in dem Schrank befinden. Von Ungeduld geplagt eile ich ihm zu Hilfe. Gemeinsam rütteln wir jetzt an der Tür.

Durch das Geschüttele wird mein Gedächtnis belebt und vage Erinnerungen tauchen auf. Ich sehe Wolfgang, wie er an vorderster Front Parolen brüllt. Sehe ihn in seinem Natoparka, der mit Friedensstickern übersät ist. Sehe, wie er eine riesige Fahne schwenkt, auf der steht: *FCKW tut weh!* Sehe seine verschlissene lila Jeanshose. Auf seinem Kopf trägt er eines dieser Arafat-Tücher. Aus Sympathie gegenüber jordanischen Freiheitskämpfern. Langsam fällt es mir wie Schuppen von den Augen. Nun weiß ich, was er mit ‹alten Klamotten› meinte. «Hilfe! Ich habe ein Vorstellungsgespräch beim Arbeitsamt, kein Klassentreffen alter Ökoveteranen», schießt es mir durch den Kopf. Was ich brauche, sind etwas modernere Kleidungsstücke. Immerhin geht es um meine Zukunft. Aber mir wird wohl nichts anderes übrig bleiben, denke ich und rüttle weiter an der verschlossenen Tür. Endlich, die Tür springt aus ihrer Halterung und wir landen beide lachend auf dem verstaubten Boden. Doch das Lachen bleibt mir im Halse stecken, genauso wie der aufgewirbelte Staub. Ein Schwarm Motten verfinstert für einen kurzen Moment das trübe Leuchten der Birne. Die Tierchen verteilen sich, von Todesangst heimgesucht, in irgendwelchen Ecken und Schlupflöchern.

Als die Sicht wieder frei ist, trübt sich meine Laune zugleich ein. Vor uns steht ein morscher alter Schrank, dessen Inhalt aus lauter zerfressenen Überresten verschiedener Stoffe besteht. Was in Gottes Namen habe ich bloß verbrochen? Nichts, aber auch rein gar nichts scheint meinem Leben eine positive Wendung geben zu können.

«Dumm gelaufen.» Wolfgangs Worte kann ich nur bestätigen und erhebe mich mühsam von dem dreckigen Boden. Ich strecke meine Hand aus und biete dem gealterten Allrounddemonstranten meine Hilfe an. Mühsam ziehe ich ihn aus dem Staub. Nun stehen wir beide vor dem offenen Schrank und betrachten noch eine Weile den traurigen Inhalt. Wolfgang ist einer von den Typen, die seinerzeit so ziemlich gegen alles demonstriert haben, wogegen man nur demonstrieren konnte: Atomkraft, Kastortransporte, Tschernobyl, Ökosteuer, G8-Gipfel, Golfkrieg, Bundestagswahlen, Landtagswahlen, Kommunalwahlen, was weiß ich nicht alles. Heute hockt er nur noch zu Hause und demonstriert gegen das schlechte Essen, das sein Frauchen ihm täglich auftischt. Neulich hat er endlich, nach etlichen Versuchen, seinen Führerschein bestanden. Prompt stand er mit vollgeschriebenen Transparenten vor einer Aral-Tankstelle und demonstrierte gegen die überhöhten Spritpreise. Womit er auch nicht so Unrecht hat. Zwei Wochen darauf haben sie ihm seinen frisch erworbenen Führerschein wieder abgenommen aufgrund hoher Geschwindigkeitsüberschreitung. Manchmal heben sich Gegensätze einfach auf.

«Wir finden bestimmt unten noch etwas für dich», bricht er dann das Schweigen und gibt mir ein Zeichen, ihm zu folgen. Genauso vorsichtig, wie ich ihm nach oben gefolgt bin, folge ich ihm jetzt wieder nach unten. Die Treppe quietscht und knarrt so laut, als würde sie jeden Moment unter uns zusammenbrechen. Glücklicherweise kommen wir beide heil unten an. Wolfgang schließt die Luke wieder und führt mich in sein Schlafzimmer. Nach kurzer Kramerei in einem seiner Schränke zieht er eine ‹Stonewashed-Hose› und einen dazu unpassenden quietschgelben Rollkragenpulli hervor.

«Hier, schlüpf da mal rein», meint er mit einem Hauch von

Begeisterung mir helfen zu können. Schnell habe ich die zwei Teile übergezogen und stehe prüfend vor dem Spiegel. «Scheiße», denke ich nur und bedanke mich für seine Hilfe. Im 80er-Jahre-Stil, im Gegen-alles-Outfit, verlasse ich winkend Wolfgangs Wohnung und schlurfe in viel zu großen Gummistiefeln die Straße entlang Richtung Arbeitsamt. Er habe nur noch ein paar Schuhe und die brauche er selber, musste ich als Entschuldigung akzeptieren.

Auf dem Weg zum Amt werde ich von allen Leuten, heute dem Großteil der Bevölkerung, komisch angeschaut. Was sollte ich auch anderes erwarten?

Klarsicht! Brille Fielmann

Im Arbeitsamt allerdings beachtet mich keiner mehr, denn hier sehen alle irgendwie komisch aus. Man sieht, dass so einige über einen längeren Zeitraum schon Arbeitslosenhilfe beziehen. Einer sitzt da in einer roten Vanilia-Hose, 83er Baujahr. Ein anderer trägt einen rosa Pulli mit Teletubbies drauf. Und ein Alice-Schwarzer-Double schimpft durch den ganzen Flur.

Schweigend ziehe ich eine Nummer und vergleiche diese mit dem Display, das oben an der Ecke hängt. Nach kurzer Recherche komme ich zu der Schlussfolgerung, ein wenig zu spät gekommen zu sein. Noch zwanzig Personen sind vor mir dran. Genervt setze ich mich dazwischen. Schweißgeruch nebelt mich ein. Mit dem Heftchen über Arbeitslosenrechte wedle ich mir Frischluft zu.

Alice Schwarzer tritt mittlerweile wie besessen gegen die Tür ihres Arbeitsberaters. Dieser öffnet die Tür und motzt sie dementsprechend an. Dabei bespuckt er sie mit Brötchenkrümeln, die wie kleine Funken auf sie herab prasseln. «Sehen Sie nicht das Schild hier? Mittagspause!», schimpft er, beißt herzhaft in sein Wurstbrötchen und verschwindet wieder in sein Büro.

Mit offenem Mund verfolge ich das Schauspiel. Bin baff, was heute hier auf dem Arbeitsamt so abgeht. Alice wendet nun ihren Kopf zu mir. Ihr von Hass erfüllter Blick scheint mich töten zu wollen. «Was gibt es denn da zu glotzen?», faucht sie mich an.

«Geglotzt? Ich habe nicht geglotzt», gebe ich kleinlaut zurück.

«Ihr Männer seid doch alle gleich. Ihr glotzt immer, seid sexistisch und unterdrückt eure Frauen», schnauzt sie mit hochrotem Kopf.

Langsam etwas ungeduldig vom Warten wippe ich mit dem Fuß und zähle dabei die roten Farbtupfer an der Wand, aber nach zweiunddreißig höre ich wieder auf. Hier muss es schon weitaus härter zugegangen sein als heute. Ich tippe auf Blutgruppe Null, weil die Tupfer sehr rundlich sind. Plötzlich fasst sich ein alter Mann, ich schätze ihn auf fünfundsechzig, an sein Herz und sackt in sich zusammen. Ich weiß nicht, wie ich reagieren soll, entschuldige mich, indem ich ihn aufkläre, wie lange es her sei, dass ich den Erste-Hilfe-Schein gemacht habe. Ich setze mich wieder unters Fenster und kurz darauf kommen auch schon zwei Sanitäter. Sie verfrachten ihn auf eine mitgebrachte Bahre und verschwinden in den Gängen des Gebäudes. Von meinem schlechten Gewissen geplagt, blättere ich in einem Arbeitslosenratgeber, um mich abzulenken. Ein Ratgeber ist er nicht wirklich. Eher ein Gesetzbuch in Heftformat. Was es alles für Regeln gibt, die es zu beachten gilt: Meldepflicht, 420-Euro-Gesetz, Fahrtkostenerstattungsregelung usw. In der Mitte des Heftes sind Vordrucke von Ab- und Anmeldeformularen. Muster, so genannte Muster.

Apropos Anmeldung. Das Zählwerk des Displays wechselt zur nächsten Nummer. Nun bin ich bald dran. Nur noch zwei ältere Damen und ein kleiner schmächtiger Mann mit Humphrey-Bogart-Hut sind vor mir an der Reihe. Da ältere Damen sehr langsam reden können, habe ich Bedenken, heute überhaupt noch dranzukommen. Ich entscheide mich, einfach zu fragen, ob sie nicht mit mir tauschen könnten. Ich müsste noch dringend irgendwo hin. Mit dieser guten Idee gehe ich näher zu ihnen heran und frage höflich. Außer einem lauten Lachen bekomme ich aber sonst keine Antwort von den beiden. «Platzt doch», denke ich mir so und setze mich wieder. Der Mann mit Hut schielt zu mir rüber und verfolgt jede meiner Bewegungen. Als ich ihn anschaue, guckt er schnell weg. Ein Ladendetektiv, keine Frage. Diese Sorte Mensch rieche ich meilenweit gegen den Wind. Bei genauerem Hinsehen kommt er mir irgendwie bekannt vor. Ob er mich schon mal ...? Nein, das kann nicht sein. Ich wurde erst ein Mal ... das ist aber viele Jahre her.

Wieder blinkt eine neue Nummer auf dem Display auf. Der schmächtige Hutträger verschwindet in einem der Räume. «Nur noch die beiden Damen ...», denke ich, «dann sitze ich meinem Arbeitsberater gegenüber und lausche seinem guten Rat.»

«Ja, Herr Bowski, wissen Sie, im Moment ist ... ja ... Sie wissen schon ...» Und dann weiß ich schon, wusste immer schon. Wieder wird er mir Vorschläge machen, die fernab von meinen Vorstellungen sind. Wie ein Jockey wird er auf den Paragraphen herumreiten, bis er sich selbst vom hohen Ross herunterholt. Weil er an die Grenzen seiner Möglichkeiten kommt, noch bevor wir eine gemeinsame Lösung für meine Probleme gefunden haben. «Ihre Vorstellung einer beruflichen Veränderung lässt sich nicht mit den zur Verfügung stehenden finanziellen Mitteln des Arbeitsamtes in Einklang bringen», hatte er letztens noch geäußert. Und ich solle umdenken. Die Baukonjunktur mache wieder riesige Schritte nach vorne. Da werden jede Menge Leute gebraucht. Fehlt nur noch, dass er behauptet, die Mauer müsse wieder hochgezogen werden, weil es den Ossis zu windig geworden ist. Solche und ähnliche Tipps werde ich gleich wieder entgegennehmen dürfen. Dabei erinnere ich mich an meinen Traum von neulich. Sehe, wie mein Arbeitsberater in der linken Menschenschlange nervös seinem Schicksal entgegensah. Wie er nervös an seinen Fingernägeln kaute, nervös in seiner Nase bohrte und genauso nervös von einem Bein aufs andere hopste. Und aus den Lautsprechern ertönte die befehlende Stimme: «Arbeitslose und Arbeitsberater haben sich links einzuordnen. Arbeitsberater, die wirklich glauben, Arbeitssuchende beraten zu können, stellen sich unverzüglich nach linksaußen und warten dort auf weitere Anweisungen.» Immer mehr Menschen traten aus der Reihe heraus und blieben wie angewurzelt linksaußen stehen. Mein Arbeitsberater schien verunsichert. Erst stellte er sich neben die Reihe, dann reihte er sich wieder ein. Dann scherte er wieder aus. Und wieder ein. «Bleib bloß linksaußen, du Pfeife!», rief ich noch, als die Wachen mich dann am Arm zogen und ich erschrocken aufwachte.

Der schmächtige Hutmensch kommt bedröppelt aus dem Beratungszimmer. Seinem Gesichtsausdruck nach zu urteilen, scheint die Beratung ein Misserfolg gewesen zu sein. Er lässt wütend die Tür ins Schloss fallen, indem er mit einem leichten Ruck nachhilft. Einem Ladendetektiv schenke ich keine Sympathie, deshalb tue ich, als beachte ich sein Verhalten nicht. Dicht läuft er an mir vorbei. Für einen kurzen Moment steigt ein Verlangen in mir auf, ihm ein Bein zu stellen, ich lasse es aber. Die Anzeigetafel blinkt auf, doch die beiden Picknicker scheinen ihr keine Beachtung zu schenken. Also erinnere ich sie daran.

Nach kurzem Getuschel sucht endlich eine der beiden das Beratungszimmer auf. Die andere setzt sich wieder, weicht dabei gekonnt meinen Blicken aus und kramt in ihrem Korb. Ich schätze, sie sucht nach Essbarem. Ihre Kleidung ist geschmacklos, ist mir aber letztendlich auch egal. Sieht scheiße aus und fertig. Ihr Anblick verdirbt mir meinen Appetit. Der Hunger ist sofort weg. So hat alles auch seine guten Seiten.

Wieder blinkt das Display. Die älteren Damen klatschen sich ab, wechseln die Plätze. Kaum sitzt die eben herausgekommene, dasselbe Ritual. Gierig wühlt sie im Picknickkorb, doch er scheint leer zu sein. Nun guckt sie blöd vor sich hin. Sie trägt die Auslaufkollektion aus den 80ern, XXL, und während sie in irgendwelchen Papieren herumblättert, gibt sie ein Stöhnkonzert von sich.

Mir wird jetzt ein bisschen komisch und durch die Tür des Arbeitsberaters höre ich lautes Gekeife. Die Lady da drinnen stellt Ansprüche, keine Frage. Dann Stille. Gespannt schaue ich auf die Tür, rechne damit, dass der Arbeitsberater jeden Augenblick herausgeschossen kommt. Doch nicht er, sondern die Alte erscheint. Sofort beginnt sie, wutentbrannt mit ihrer Freundin zu diskutieren. Satzfetzen wie «Der hat doch den Arsch offen ... das kann ja wohl nicht sein, dass mir keine Umschulung zusteht ... ich gehe vors Sozialgericht» dringen an mein Ohr, und ich mache mir ein Bild von dem, was mich gleich erwartet. Ein eher trübes Bild, denn ich erinnere mich an die letzten Verhandlungen mit meinem Berater. Aber erst mal sehen, was kommt.

Die beiden Damen verschwinden heftig gestikulierend Richtung Ausgang, als endlich auch meine Nummer aufleuchtet. Gerade will ich mich erheben, da kommt der Arbeitsberater aus seinem Verlies, schließt hinter sich die Tür ab.

«Hallo, was ist denn mit mir?»

Er dreht sich zu mir um, weist mit dem Zeigefinger auf seine Wühltischuhr und meint nur: «Fünfzehn Uhr, Pause.» Im nächsten Moment sehe ich ihn schon zur Kantine hinschlurfen.

«Was ist denn das für eine scheiß Nummer», reagiere ich darauf und laufe ihm hinterher. «Stunden sitze ich hier geduldig, warte, und jetzt so was», versuche ich im Beschwerdeton auf mich aufmerksam zu machen.

«Eine halbe Stunde, dann bin ich wieder da. Haben Sie noch etwas Geduld», verteidigt er sich.

Ich darf mir jetzt bloß nichts versauen, immerhin haben die vom Amt den längeren Arm. Da brauche ich mir nichts vorzumachen. Zähneknirschend gebe ich nach, nicke und setze mich wieder auf meinen Platz. Ein guter Zeitpunkt, um mal wieder zu meditieren, habe es Jahre nicht mehr getan. Erneut bemerke ich, wie ungelenkig ich geworden bin. Mühsam begebe ich mich in den Schneidersitz und mache mit meinen Händen die Lotusblume. Ich schließe die Augen und beginne mit der ersten Atemübung. Langsam atme ich ein, halte die Luft in meiner Lunge, zähle bis zehn und atme durch die Nase wieder aus. Der Duft der Arbeitslosigkeit scheint immer noch nicht ganz verflogen zu sein und beißt in der Nase, doch ich ignoriere ihn einfach. Langsam zähle ich bis sechs und fülle gleichmäßig Luft in meine Lungen. Halte den Atem an, zähle wieder bis zehn und atme aus. Zehn Mal soll man diese Übung wiederholen. Denn nur so kann Meditation zum Erfolg führen. Der Erfolg soll eine entspannte Lebenseinstellung sein.

In Gedanken wiederhole ich jetzt das Standardmantra. «Ohm ...», das kenne ich noch aus dem Frühstücksfernsehen.

Meditation vor acht, eine Sendung, die mittlerweile abgesetzt wurde. Die Menschen des Abendlands schlafen morgens einfach zu lange. Und wenn die Einschaltquote die Kosten nicht mehr decken kann, wird die Sendung halt abgesetzt.

Die Atemübung tut mir gut. Ruhe und Besonnenheit kehren ein. Alle meine Sorgen scheinen bedeutungslos. Arbeitslos? Egal! Obdachlos? Egal! Pleite? Egal! Frau weg? Egal! Alles egal? Egal! Ganz ruhig und egal. Ich bin ganz ruhig und mir ist alles egal. «Ohm, ohm, ohmmm ...» Meine Arbeitslosigkeit heißt jetzt Zeit zu haben. Kein Geld zu haben, lehrt mich Bescheidenheit. Eine Beziehungskiste schrumpft zu einer Erfahrungstüte. Meine Glaubenskrise wird zu einer Dreifaltigkeit im Tetrapak. Und mein bisheriges zielloses Leben wird zum Tao, was immer das auch ist. So eine Ruhe habe ich seit Ewigkeiten nicht mehr gespürt. So eine Gelassenheit nur selten erfahren. Solch eine Einsicht nur selten gehabt. Ich scheine am Wendepunkt meines verkorksten Lebens zu sein. Hier im Flur vom Arbeitsamt. Hier im Gebäudekomplex der Ungewissheit. In einem Raum. Bewusst wird es mir. Raum und Bewusstsein. Eine noch tiefere Einsicht breitet sich in mir aus. Die ist schon so tief, dass ich bis in den Keller laufen müsste, um ihre ganze Bandbreite wahrzunehmen. Diese Klarheit, die ich jetzt spüre, lässt alle meine festgefahrenen Emotionen von mir abfallen. Wie Blätter den Herbstbaum verlassen, so verlassen meine alten Emotionen meinen Körper. Nun sehe ich die Dinge so, wie sie wirklich sind. Nicht mehr wie sonst, durch den Schleier der Gefühle. Ich habe keinen Job? Dann habe ich eben keinen Job. Schlüssel auf dem Küchentisch vergessen? Na und? Klamotten XXXL von Wolfgang an? Ich schmunzle vor mich hin wie Buddha im Nirwana.

Alles ist vergänglich, leuchtet es mir deutlich ein. Ich bin dem Verfall unterworfen. Nachdenklich schaue ich in den Mülleimer, der direkt neben meinem Sitz steht. Außer nervös heruntergerauchten Kippen liegt da sonst nichts drin, und ich kann dem Verfall ebenso wenig nicht entgehen. Keiner kann das!

Hier muss es sich um intuitives Wissen handeln, anders kann ich mir meine Eingebungen nicht erklären. Oder ist es vielleicht wieder diese innere Stimme? Ich will mir einen Reim darauf machen, aber selbst zum Dichten bin ich zu blöd. Innerlich sehe ich einen Werbeslogan in großen Lettern: *Klarsicht! Brille Fielmann.* Sehe, wie tausend bebrillte Buddhas aus einem Geschäft rennen und ihr Nirwana erreichen. Und das aufgrund der Sonderangebote von Fielmann. Auch ich renne aus diesem Laden. Aber ohne Brille, denn meine ist dem Verfall unterworfen. Bin mittlerweile bei drei Dioptrien, quasi fast blind. Gedankenvertieft verfolge ich die Szene. Sehe mich rennen und rennen. Die Buddhas nach rechts, ich nach links. Dies kommt mir irgendwie bekannt vor. Irgendwie? So sehe ich mich, wie ich orientierungslos quer durch unsere Stadt renne. Ziellos, einfach nur renne. Überall stehen bebrillte Buddhas und lassen irgendwelche Weisheiten vom Stapel. Mit einem stoße ich zusammen. Er grinst mich nur an und sagt in einem unheimlich ruhigen Ton: «Leben ist Leiden. Also höre auf, davor wegzulaufen, denn Leid begegnet dir an jeder Ecke ...»

Ganz benommen blicke ich auf, als eine Tür aufgeschlossen wird. Weder renne ich, noch gibt es hier irgendwelche bebrillten Buddhas, und schon gar nicht blüht es hier vor Weisheit. Ich sitze im Flur vom Arbeitsamt, sonst nichts. Kein Nirwana, geschweige denn irgendeine schlaue Weisheit. Nur ich: Ulle,

40, arbeitslos. Dann der lange Flur. Die vielen Türen. Die geschlossenen Türen. Dahinter sitzen die Beamten und Angestellten, denen es scheißegal sein kann, ob ich einen Job habe oder nicht. Hinter einer dieser Türen verbirgt sich mein Integrationscoach, Herr Speckmüller. Genießt seine heftig überstrapazierte Frühstückspause, die sich mittlerweile schon mit der Mittagspause überschnitten haben muss. Ich werfe einen Blick auf die Uhr. Zehn nach drei. Was? Erschrocken starre ich gleich noch mal drauf. Zehn nach drei! Doch, tatsächlich. Seit 'ner Ewigkeit hänge ich hier schon ab. Und was habe ich erreicht? Nichts, aber auch rein gar nichts! Scheiße. Ach, scheiße ist da sogar noch das falsche Wort. Fuck! Das kommentiert die Situation am treffendsten.

Komisch, dass überhaupt keine anderen Personen auftauchen. Seitdem die beiden alten Damen gegangen sind, hat sich keiner mehr blicken lassen. Normalerweise müssten hier Hunderte sitzen, wenn nicht gar Tausende. Seitdem die Zeche im Sterben liegt, vermehren sich die Arbeitsuchenden doch wie die Karnickel. Was für ein Tag ist heute? Dienstag oder Mittwoch? Mittwochs ist hier nachmittags geschlossen. Ist heute Mittwoch ...? Fuck! Heute ist Mittwoch! Warum sagte der Typ mir denn vorhin nichts?

Ich trete den Weg zum Ausgang an. Meine Schritte hallen durch das menschenleere Gebäude. Also hier war ich vorläufig das letzte Mal, nehme ich mir trotzig vor. Kaum habe ich diesen Gedanken zu Ende gedacht, kommt mir ein Mensch, Mitte 50, schütteres Haar, mit einem Aktenschiebewagen entgegen.

«Junger Mann, kann ich Ihnen helfen?», hallt es durch den Gang.

«Man hat mich vergessen», entgegne ich wutentbrannt.

Er bleibt höflich, fragt nach meinem Namen und beginnt sofort, in seinem Aktenberg zu graben. «Ulle Bowski. Klingt so nach Ostblock», stellt er fest.

Verstört schaue ich ihn an. Ich lebe schon immer hier. Genauer gesagt, als meine Mutter die ersten Wehen bekommen hat, wusste ich bereits, dass ich nicht aus dem Ostblock stammen kann. Und wenn schon, was macht es, wenn's so wäre?

«Ah, hier habe ich was!» Freudestrahlend reicht er mir ein loses Blatt.

Mein Blick schweift über das Blatt, das meine Akte sein soll. Name und Adresse stimmen. Lebenslauf auch. Kurz und knapp. Einschulung, Abschluss, Lehre, arbeitslos.

Bisschen hier, bisschen da. Gelegenheitsjobs halt. Ansonsten ... Ich stocke. Bin ich wirklich seit so vielen Jahren arbeitslos? Blitzartig wende ich den Zettel. Hinten drauf steht nix. Ja, dann muss das wohl stimmen. Mann, wo ist die Zeit geblieben?

Wieder kommen diese Versagerängste hoch, nichts im Leben erreicht zu haben. Doch die verblassen genauso schnell, wie sie gekommen sind. Denn mir werden hier gerade Tatsachen bewusst. Angst schleicht sich bekannterweise ja nur dort ein, wo etwas vermutet wird. Wie zum Beispiel der böse Mann hinterm Baum im dunklen Park. Der gar nicht da ist. Das, was jetzt da ist, ist mein Leben, gedruckt auf ein einziges Blatt Papier. In Schriftgröße 18, damit es nicht ganz so verloren aussieht.

Der nette Mann bittet mich, morgen noch einmal vorbeizukommen, aber früh, dann sei es hier noch ziemlich leer. Die Tür des Arbeitsamtes fällt hinter mir zu, und es wirkt auf mich wie das Zuklappen eines Buches. Abgeschlossen, beendet, finito. Eine Geschichte hat ihren Abschluss gefunden. Doch ich bin – verdammt noch mal – kein Buch.

Raum-Zeit-Kontinuum für Arbeitslose

Ich balle meine Fäuste zusammen und richte meinen Blick wieder gen Himmel. «So, Gott! Von mir aus auch ‹lieber›! Gib mir endlich ein Zeichen! Das kann es doch echt nicht sein. Was soll ich hier? In diesem Land, auf diesem Planeten, in dieser Galaxie? Was?»

Wieder einmal werde ich von meinen alten Fragen heimgesucht. Ich blicke zurück auf das Arbeitsamt. Eine neue Frage ist hinzugekommen: Was verstand der Mann unter früh? Meinte er die unverständliche Zeitrechnung meines Integrationscoachs, nach der eine halbe Stunde des Pause-Machens gleichbedeutend ist mit Nie-wieder-Auftauchen? Schnell mache ich mir ein paar Gedanken über das Raum-Zeit-Kontinuum. Wenn die Zeit sich unerwartet dehnt, wie hier jetzt meine Wartezeit, verbiegt sich der Raum. Es entsteht eine so genannte gekrümmte Raum-Zeit. Und spätestens seit Einstein weiß man, wohin das führen kann. Die Zeit dehnt sich, während der Raum beständig bleibt. Also hätte ich hier noch länger gewartet, würde ich irgendwann neben mir stehen. Nur um viele Jahre gealtert. Dann hätte ich mich angeguckt. Oder ich mich als anderer, je nachdem aus welchem Betrachtungswinkel. Und als Erster hätte ich gefragt: «Hast du die Rente schon durch?» Und als ältere Person hätte ich zu mir gesagt: «Wie, etwa immer noch arbeitslos?» Ein Wort wäre auf das nächste gefolgt. Meine zwei ‹Raum-Zeit-gekrümmten› Ichs, diese zwei quantenhaften Naturen, hätten sich gegenseitig dermaßen massive Vorwürfe bezüglich ihrer Zeitnutzung gemacht, dass sie – betrachtet man das Ganze von oben – beide Recht gehabt und ihre Ansichten sich gegenseitig ausgelöscht hätten. In der Physik nennt man diese Sprengung der Raum-Zeit-Struktur Gravitation.

Mir brennt die Birne, und für einen kurzen Moment glaube ich, dass an mir ein Physiker verloren gegangen ist. Doch die Wirklichkeit schüttet Wasser über das Feuer in mir. Die einzigen Kräfte, von denen ich wirklich etwas verstehe, sind die Schwerkraft, die morgens beim Aufstehen anfängt, und die Trägheitskraft, die sich über den ganzen Tag hinzieht. Das hat auch irgendwas mit Relativitätstheorie zu tun, aber der Physiker muss erst noch geboren werden, der diesem Gedankengut einen Nobelpreis entlocken kann.

Demütig vor dem Leben, voll von ungelösten Fragen, trete ich meinen Heimweg an. Nach cirka zehn Schritten bleibe ich aber wieder stehen. Einen Heimweg brauche ich gar nicht anzutreten, weil ich ja gar kein Heim mehr habe. Mein Leben scheint immer spaßigere Züge anzunehmen. Erneut blicke ich nach oben und winke, winke so, wie es die Narren tun, die auf ihren Karnevalsumzugswagen lächelnd dem Fußvolk Grüße schenken und dabei Bonbons werfen. «Danke Gott, beehre mich bald wieder.»

Mein Weg sei ohne Ziel, und dieser Weg sei der schwierigste, sagt mir eine innere Stimme. Spricht ‹Er› jetzt zu mir?

Wie ein Kind vor der Bühne des Kasperletheaters erwarte ich gespannt, was noch kommen mag. Und es kommt, es sprudelt nur so heraus.

Die Stimme sagt weiter: «... doch auf diesem Weg begegnest du deinem vorbestimmten Schicksal. Auf diesem Weg triffst du Menschen, die nicht ohne Grund in dein Leben treten. Folge diesem Weg, und er wird dich etwas ganz Besonderes lehren. Gehe mit Vertrauen und hadere nicht mit deinem Schicksal, als wollte es dir heimtückisch etwas Böses. Laufe, und wenn du manches Mal glaubst zu stehen, dann bist du nur im Begriff, etwas Luft zu holen. Und wenn du etwas heute noch nicht besitzt, muss das nicht zwangsläufig morgen genauso sein. Egal, ob es sich nun um materielle Dinge, um geistige oder einfach nur um emotionale Sehnsüchte handelt. Laufe, wenn du laufen musst, und bleib stehen, wenn du Luft zum Atmen brauchst. Wahren Stillstand gibt es nie. Und wer tief genug in sich hineinhört, spürt es und handelt entsprechend.»

Völlig baff von diesen Gedanken – es mussten ja meine sein – setze ich mich auf die Bordsteinkante. Gespannt lausche ich in mich hinein, warte auf mehr. Doch nichts tut sich. Und irgendwann schlafe ich ein.

Engelstraum seicht wie Badeschaum

Ein Traum schleicht sich hinzu. Eine Frau hat sich zu meiner Linken zu mir gesellt und begutachtet mich wortlos von Fuß bis Scheitel.

«Gute Frau, was starren Sie mich so an? Habe ich Quark am Bein oder was ist los?»

«So sieht also ein Verlierertyp aus», gibt sie zurück und lässt dabei ihren Blick weiter schweifen.

Wie bitte? Das klang eindeutig nach Beleidigung, und das von einem Menschen, der mir völlig unbekannt ist. Wie kommt diese Person dazu, mich als einen Verlierer hinzustellen? Okay, die Klamotten, die mir Wolfgang geliehen hat, mein gesamtes Erscheinungsbild, ausgerechnet im Arbeitsamt, lassen gewisse Schlüsse zu. Aber Tatsache ist, dass die Frau mich überhaupt nicht kennt, und das gebe ich ihr auch gleich zu verstehen: «Was wissen Sie schon über mich? Auch wenn ich im Moment ein bisschen ärmlich aussehe, heißt das noch lange nicht, dass ich ein Verlierertyp bin.» Der angestaute Trotz quillt mir so über die Lippen, ich muss wirklich ein erbärmliches Bild abgeben. Kurz halte ich inne und überlege. Überlege, überlege, überlege, aber es kommt nichts.

«Also, ich muss Ihnen mal sagen, wenn mich nicht der liebe Gott geschickt hätte, von alleine hätte ich Sie nicht aufgesucht», sagt die Unbekannte und schenkt mir dabei einen abfälligen Blick.

Bei ihr müssen sämtliche Sicherungen durchgebrannt sein in ihrem Hinterstübchen. Vom lieben Gott geschickt, klar.

Eine Nörgeltussi unterwegs im Auftrag des Herrn, das ist genau das, was mir noch gefehlt hat.

Ich richte meine Aufmerksamkeit auf das Erscheinungsbild der geheimnisvollen Begegnung. Sie geht mir nur fast bis zum Kinn, trotz hässlich grüner Pumps. Von der Sonne ausgeblichenes, wallendes Haar. John-Lennon-Brille und Sommersprossen. Grauer Parka und braune Cordhose. Etwas pummelig, beinahe doppelte Pommes-Currywurst-Figur. Jetzt fehlt nur noch der dicke Arsch.

«Guck mal dahinten!», rufe ich und zeige nach irgendwo.

Sie dreht sich erschrocken um. Doch statt des erwarteten Fettarschs schlagen mir zwei Engelsflügel ins Gesicht. Zwei riesig große Engelsflügel, so wie man sie in Bilderbüchern für Kinder oder auch mal auf Wandmalereien gesehen hat. Grauer Parka und ausgeblichene Engelsflügel drüber. Ob sich hier Karl Lagerschaden mit versteckter Kamera ein Zubrot verdienen möchte?

Während dieses seltsame Wesen orientierungslos «Wer, wo, wie, was ...?» murmelt und dabei in alle Himmelsrichtungen guckt, suche ich nach einer versteckten Kamera, denn was hier gerade passiert, kann sich ja nur um einen dummen Scherz handeln. Gerade Menschen in Not sind ja für eine versteckte Kamera immer bestens geeignet. Nicht, dass ich keinen Spaß verstehe, aber um es mal klarzustellen: Ich bin momentan arbeitslos, obdachlos, ziellos, pleite, solo und trage alte, ausgediente Klamotten vom Wolfgang. Und gerade heute wollen mich irgendwelche Fernsehfritzen mit einer Engelserscheinung in grünen Pumps und grauem Parka aufs Korn nehmen. Hier ist Schluss, die Grenze meiner Belastbarkeit ist mehr als überschritten.

Gerade will ich dem Lockvogel meine ganze Wut verbal entgegenschleudern, da kommt er mir schon zuvor. «Ihr Menschen seid doch alle gleich», schreit sie mich auf einmal an. »Was glaubt ihr eigentlich, wer ihr seid? Glaubt ihr, ihr könnt machen, was ihr wollt? Erst betteln und beten, und wenn wir kommen, um zu helfen, werden wir nicht ernst genommen.» Mit weit aufgerissenen Augen und flügelschlagend baut sie sich vor mir auf. Engel hin, Engel her, aber diese Gestalt sieht einfach zu lachhaft aus, um sie ernst nehmen zu können. Ich bekomme das Gefühl, dass es oben im Himmel so etwas wie eine Diakonie gibt. Mit einem Laden zweiter Wahl? Mit Gebeten zweiter Wahl? Engeln zweiter Wahl? Diese grünen Pumps und die braune Cordhose beißen sich schon mächtig. Aber dazu noch die ausgeblichenen Engelsflügel!

«Gott, komm, Tacheles jetzt, was willst du von mir?», rufe ich gen Himmel. Nichts. «Halloo-hoo, Go-hott!» Nichts. Okay, sage ich mir, warum soll es nicht auch arme Engel geben? Armer Mensch, armer Engel, eigentlich logisch. Doch wie kann ein Punker einem anderen Punker einen Euro geben? «Haste mal einen Euro?» «Nee, hast du einen ...?» Das ist doch hier eine ganz besondere Art von Milchmädchenrechnung, dämmert es mir. Ich werde aus meiner Begegnung einfach nicht schlau.

Mittlerweile hat der Engel die Brille abgenommen und putzt sich die Gläser. Schaut durch, putzt, schaut durch, putzt, schaut durch. Das geht so eine ganze Weile. Es herrscht völlige Stille. Hier vor dem Arbeitsamt. An diesem besagten Nachmittag, der mein Leben ändern wird. Man hört nur ein leises Quietschen. Etwa so, als wenn sich ein Engel mit den Ärmeln eines grauen Natoparkas seine Brille putzen würde. Ich schaue den Engel genauer an. Er muss ungefähr in meinem Alter sein. Scheint auch das Gleiche wie ich durchgemacht zu haben. Und es würde mich nicht wundern, wenn er vor unserer Begegnung noch kurz bei Wolfgang vorbeigeschaut hätte, der Klamotten wegen.

«So, Bowski», ertönt es plötzlich.

Ich zucke zusammen. Der Engel schiebt sich seine Johnny-L.-Brille wieder auf die Nase und blickt durch meine Augen hindurch, direkt in mein Seelenleben hinein, und durchforstet in Blitzeseile meine gesamte Vergangenheit. So etwas spüre ich. Solche Blicke beherrschen nur sehr wenige. Mir wird total seltsam zumute und ich würde gern etwas zur meiner Verteidigung sagen. Das Übliche. Das, was alle Menschen in solch einer Situation sagen. Mein Vater trank viel, und dadurch wurde meine Kindheit in Mitleidenschaft gezogen. Und dann kommt eins zum anderen, man kennt das. Blablabla. Das ist Quatsch, ich weiß es und der Engel gegenüber weiß es auch. Andere für seine eigene Unfähigkeit verantwortlich zu machen, so kann man nie seine eigenen Fehler erkennen.

Gerade will ich meine Einsicht kundtun, da spricht der Engel auch schon weiter: «Wenn dein Vater nicht getrunken hätte, würdest du heute nicht vor diesem Arbeitsamt stehen.»

Habe ich gerade richtig gehört? Ich soll keine Schuld in mir tragen? Seit über fünfzehn Jahren arbeitslos, weil mein Vater damals ein paar Biere zu viel gezischt hat? So einfach ist das hier auf diesem Planeten? Damit kann und will ich mich nicht zufrieden geben.

«Lieber Engel, ich weiß zwar nicht genau, aus welchen Gründen du mich hier aufgesucht hast und welchen Zweck deine Mission hat, aber eines weiß ich sicher: Die Vergangenheit prägt und das Huhn legt. Ich will damit sagen: Für das Ei ist immer noch das Huhn verantwortlich.»

«Sag ich doch», erwidert der Engel, «in deinem Fall bist du das Ei und dein Vater das Huhn.»

Bildlich sehe ich diese Szenerie vor mir. Ich kullere als Ei über den Boden des Hühnerhofes, und mein Vater als Huhn stolziert mit ausgestreckter Brust über den Hof. Mich frisch gelegt. Er stolziert und stolziert, geht zu seinen Hühnerkumpels, und zusammen stoßen sie auf meine Geburt an. Während sie über ihr Hühnerdasein philosophieren und dabei eine Kanne Bier nach der anderen in sich hineinschütten, kullere ich hilflos über den Boden. Wie ein Blitz wird mir klar, was der Engel meint. Gelegt und verlassen. Genauso komme ich mir vor. Was soll aus mir werden? Rührei, Spiegelei oder gar Eiersalat? Oder werde ich wachsen und selbst ein Huhn werden, Eier legen, Bier trinken?

Wieder einmal stehen tausend Fragen Schlange. Doch welche soll ich zuerst beantworten? Wem gebe ich die Schuld für meine momentane Situation? Mir selbst oder meinen Vater? Ei oder Huhn? Wer war zuerst schuld? Lange tauschen wir nur Blicke, die irgendwann keine Fragen mehr offen lassen.

Der Engel scheint zu sehen, was in mir vorgeht und erlöst mich mit einem Satz aus meinem Zwiespalt: «Natürlich ist dein Vater nicht schuld an deiner heutigen Situation, ich wollte dich nur mal testen. Wir Engel machen gerne mal solche Tests, um zu wissen, wo wir ansetzen müssen.» Er wirft einen Blick über sein Rundgestell, grinst und meint, jetzt keine Zeit mehr zu haben. «Bis demnächst», und ganz ohne Qualm und Knall ist er auf einmal aus meinem Blickwinkel verschwunden.

Engelsbegegnungen im Traum sollen ja 'ne ganz besondere Bedeutung haben. So zwischen Wahnsinn und Sinn für Wahn. Hoffe nur, ich werde jetzt nicht psychisch krank. Das würde mir noch fehlen, keinen Job, dafür aber den ganzen Tag bekloppt durch die Gegend laufen.

Der Eurojob der Illuminati

Am nächsten Tag befinde ich mich wieder auf dem Weg zum Park. Dr. Senfmann hat eine neue, beziehungsweise erste Arbeitsstelle. Das soll begossen werden. Dafür hat er sich einen Wochenlohn von seinem Kumpel Berthold geliehen.

Meine Traum-Engelserscheinung geht mir immer noch nicht aus dem Kopf und so schlendere ich nachdenklich Richtung alte Eiche. Bin ich vielleicht schon einer von diesen Typen mit Arbeitslosenpsychose? Wer lange ziellos umherirrt, trifft auf Gleichgesinnte?

Während ich gedankenversunken meinem Tagesziel entgegensteuere, gesellt sich Speedy zu mir. Mit wackligem Fahrstil eiert er neben mir her. Sein Rad vorn hat immer noch eine Acht. Er selber scheint aber auch schon acht intus zu haben.

«Hab gehört, dein Schlüssel liegt auf dem Küchentisch. Mann, das ist echt fürn Arsch, so ohne Schlüssel. Ich kenn das, meinem Schwager, dem ist genau dasselbe passiert ...»

Und während er mit einer Hand lenkt, mit der anderen sein Bier trinkt und zugleich noch aufzählt, was er noch alles kennt, treffen wir auf Paule. Paule war für längere Zeit auf Montage. Diese Version seiner Abwesenheit glaubt ihm allerdings keiner. Paule ist Kleptomane. Wirklich krankhaft süchtig danach, irgendwelchen Scheiß aus Läden zu klauen. Angefangen hat es mit Bonbons, jetzt ist er bei Kartoffeln angekommen. Also wer schon versucht, einen Sack Kartoffeln an der Kasse vorbeizuschmuggeln, unter der Jacke, im Sommer, der muss doch ... Oder noch besser war die Nummer, als er versucht hat, einen

Wäscheständer mitgehen zu lassen. Was in Gottes Namen will ein Alt-Hippie mit einem Wäscheständer? Seine Haare aufhängen?

Speedy muss ihn natürlich sofort vollquatschen. «Was habe ich gehört, du warst im Knast? Kenne ich. Mein Schwager ...»

Von weitem höre ich schon Gelächter, Diskussionen und das Knallen der Bierkorken. Ich kann es immer noch nicht ganz glauben. Dr. Senfmann hat einen Job. Was könnte das sein? Der hat doch keinen Beruf, und seinen Miniausflug als Medizinstudent kann man ebenfalls nicht als Rentenbeitrag anrechnen.

Die alte Eiche ist umlagert mit altbekannten Gesichtern. Porry und Plauke sind extra mit dem Zug aus Berlin angereist. Sie wohnten früher in der Dreiecksiedlung. Irgendwann sind sie einfach los. Zugfahrkarte ohne Rückschein. Sie sind in eine Künstlerkolonie gezogen. Auf den Prenzlauer Berg. Zwischen Dönerbuden, Steinzeitstudenten und Stasi-Geschädigten haben sie einen kleinen Laden eröffnet. Dort leben sie nun von selbstgemachter Kunst à la Beuys. Walter und Sense labern wie immer vorbeilaufende Mädels voll, und Blocker und Biermann sind sich mal wieder uneinig, egal, um was es geht. Eigentlich ein Tag wie jeder andere, wenn Dr. Senfmann nicht seinen Einstand feiern würde. Zielstrebig steuere ich auf ihn zu.

«Sag mal, Senfmann, was ist denn das für ein Job, den du da jetzt machst?»

«Ein Ein-Euro-Job», erklärt er.

Ein-Euro-Job? Was soll denn das für ein Beruf sein? Ich habe schon von vielen unmöglichen Jobs gehört, aber dieser ist mir neu. Dr. Senfmann will mich aufklären, doch ich winke dankend ab. Ich möchte es erst mal mit Beruferaten versuchen. Ein Euro, das kommt mir irgendwie bekannt vor. Klar, die Punker von neulich! «Haste mal 'nen Euro?», schallt es in meinen Ohren. Senfmann ist in einer alternativen, von Punks geleiteten Drücker-Kolonne gelandet und muss jetzt in einer Einkaufspassage um einen Euro betteln. Das sind immerhin zwei Mark, denke ich so bei mir.

«Du arbeitest für eine Drücker-Kolonne», gebe ich von mir, als hätte ich des Rätsels Lösung gefunden.

«Drücker-Kolonne? Spinnst du? Ich arbeite für den Staat!», empört sich Senfmann. «Die haben mich drangekriegt. Muss jetzt die Vorgärten von Schulen, Parks und städtische Einrichtungen sauber halten, für einen Euro die Stunde.»

Biermann schaltet sich ein: «Das musste doch kommen, Mann. Alle Langzeitarbeitslosen sind jetzt reif. Der schwule Waltraud von gegenüber ist jetzt in der Diakonie. Und die beiden Pläfkes sind bei einer Abbruchfirma und malochen sich den Buckel krumm, ganze acht Stunden am Tag. Für einen Euro pro Stunde. Jetzt rechne dir mal zusammen, was die am Tag mit nach Hause nehmen.» Biermann, der schon wieder randvoll ist, genehmigt sich noch einen ausgiebigen Schluck aus seiner Flasche und referiert dann weiter: «Diese ganze Hartz-IV- und Agenda-2010-Scheiße ist doch ein seit langem geplantes Versklaven der Menschheit. Erst das Zusammenwachsen der EU, dann die Einführung des Euro. Alles gut durchdacht. Globalisierung ist das Stichwort.»

Biermann schöpft mal wieder aus dem Vollen. Seine paranoide Neigung scheint erneut ans Tageslicht zu kommen. Lange Zeit geht es gut mit ihm. Aber ein falsches Wort oder eine missverstandene Information löst bei ihm gleich eine Lawine aus. Als am 11. September 2001 der Anschlag auf das World Trade Center verübt wurde, waren es nicht, wie jeder normal sterbliche Verschwörungstheoretiker glaubte, die Amerikaner. Nein, Biermann war sich hundertprozentig sicher, dass es die Japaner waren. Das Pearl Harbour 2001. Und die Zusammenhänge! Bin Laden mit Mao Tse-tung unter eine Decke und so weiter. Biermann hat uns über Monate hin bekloppt gemacht. Bei ihm muss man ganz vorsichtig zuhören. Am besten hat man ein Fliegengitter vor den Ohren, zum Herausfiltern unkoordinierter Zusammenhänge.

Gerade blüht er mal wieder richtig auf, wie in alten Tagen. Mit Händen und Füßen gestikulierend spricht er von einer drohenden Weltwirtschaftskrise. Verursacht durch eine Handvoll Eingeweihter, die das Ganze über Generationen hinweg geplant haben. Angefangen beim ersten Keulenschwinger, eines gewissen Herrn Neandertaler, über den Dreißigjährigen Krieg bis hin zum Ersten, Zweiten und dem demnächst folgenden Dritten Weltkrieg.

Es ist schon interessant, Biermann beim Erzählen zuzuschauen. Wie er den Keulenschwinger imitiert oder eine Atombombenexplosion pantomimisch darstellt. Mich würde nur interessieren, welche Rolle Dr. Senfmann eigentlich bei dieser Verschwörung spielt. Welche Bedeutung hat denn jetzt genau dieser Ein-Euro-Job für die Menschheit? Was ist Hartz IV und was bedeutet Agenda 2010? Bei Biermann muss man nämlich genau aufpassen, da wird schnell was hinzugedichtet.

Nach kurzer Nachfrage werde ich von Antworten überschüttet. Alle erzählen wild drauflos und geraten förmlich in Wallung, als ich den Begriff Hartz IV in die Runde werfe. Wie ein Geschwür, wie die Pest, ja, als wäre dieses Hartz IV lebensbedrohlich, so empfinde ich die Reaktion der Leute um mich. Mir scheint, als ginge Senfmanns Party in eine politische Diskussion über. Am Rednerpult Altkanzler Biermann. Links Speedy und Paule, rechts Porry und Plauke. In der Mitte stehen Senfmann mit aufgerissenen Mund, Weimar, der sich gerade noch zu uns gesellt hat, und meine Wenigkeit.

Weimar, der noch vor der Wende zu uns rüber kam, der damals noch ganz spektakulär über die Mauer geflohen war und jetzt am liebsten wieder drüben wohnen würde, weil er hier keine Arbeit bekommt, hat ansatzweise durchaus interessante Thesen. Seinen Berechnungen zufolge sei Deutschland in knapp fünf Jahren am Ende und definitiv pleite. Er geht sogar so weit zu behaupten, wir würden eines Tages Fresspakete aus Indien erhalten. Wir stünden ja jetzt schon auf der Abschussliste in Brüssel. Die Staatsverschuldung steige sekündlich um mehrere tausend Euro. Da drohe eine saftige Strafe. Außerdem kämen zusätzlich 19 Prozent Mehrwertsteuer drauf – das sollten wir jetzt mal ausrechnen.

Während ich krampfhaft versuche, einige Zahlen zu kombinieren, schmeißt einer das Wort Diätenerhöhung in die Runde. Die Diskussion scheint jetzt außer Kontrolle zu geraten. Alle sind sichtlich gegen diese Erhöhung, dennoch reden sie gegeneinander. Das ist alles sehr konfus.

Die Auseinandersetzung wird immer lauter, zugleich wird alles um mich herum leiser, als stünde ich abseits des Geschehens, betrachtete es von einem sehr weit entfernten Ort aus. Wie in Trance bade ich im Wortgefecht meiner Mitstreiter, die

Teil meines Lebens sind. Zwei Satzfetzen wiederholen sich fortlaufend – und sie bekommen ihren eigenen Klang: Hartz IV und kein Bier. Immer wieder. Hartz IV und kein Bier.

Irgendwann höre ich nur noch Biermann laut schreien: «Das Bier ist alle!»

Totale Stille. Alle schauen sich gegenseitig an. Die politischen Probleme sind wie weggeblasen. Von einem Moment auf den anderen scheint das größte Problem auf diesem Planeten nur noch der Mangel an Bier zu sein.

Während Speedy mit seinem Gurkenfahrrad davoneiert, um neues Bier zu besorgen, klären die anderen mich über die momentane soziale Lage Deutschlands auf. Alle scheinen auf dem neusten Stand der Dinge zu sein, nur ich hingegen nicht. Okay, in letzter Zeit habe ich keine Nachrichten mehr verfolgt und Zeitungen konnte ich mir auch nicht kaufen. Aber dass mir vom Arbeitsamt diesbezüglich nicht Bescheid gegeben wurde! Vielleicht deswegen der Termin neulich. Es gibt wohl ein neues Programm, das Sozialhilfeempfänger und Arbeitslosenhilfeempfänger in einen Topf wirft. Also alle bekommen irgendwie das gleiche Geld. Gewissermaßen eine Einheitsrente für Junggebliebene.

So ganz werde ich aus der Sache nicht schlau. Ebenso wenig aus der Sache mit dem Ein-Euro-Job. Diesen Job scheint es zu geben. Eine Stunde arbeiten für einen Euro. Das sind Verhältnisse wie in Kuba, aber noch vor der Krise. Ein belegtes Brötchen kostet mittlerweile einen Euro und ein Kakao oder Kaffee ebenfalls. Sagen wir mal, ich fange um acht Uhr an zu arbeiten. Um zehn ist Frühstückspause und ich gehe zum Bäcker um die Ecke. Dann bin ich ja um fünf nach zehn schon wieder pleite. Das klingt nach Teufelskreislauf. Dann arbeite ich wieder bis um eins, das sind dann wieder ganze drei Euro. Einmal Currywurst mit Pommes beim Griechen kosten mittlerweile drei Euro vierzig. Dann wäre ich um viertel nach eins bereits mit vierzig Cent in den Miesen. Das wären ja auf den Monat gerechnet circa zwölf Euro Schulden nur des Essens wegen, das Abendbrot noch nicht berücksichtigt. Klamotten könnte ich mir überhaupt nicht mehr leisten. Müsste wieder zu Wolfgang gehen. Das wäre keine rosige Zukunft.

Die anderen reden noch immer. Mehrwertsteuer rauf, Rente runter, Benzinpreise klettern ins Unermessliche und der Dax fällt, was auch immer das für ein Tier sein mag.

Warum ich einen solchen Antrag noch nicht erhalten hätte, werde ich gefragt.

«Keine Ahnung, letzten Mittwoch hatte ich einen Termin beim Arbeitsamt, aber ich kam nicht dran», sage ich.

Das sei jetzt besonders schlecht für mich, lässt Porry mich wissen.

«Da streichen sie dir wohl das Geld, da legen die Wert drauf», fügt Plauke hinzu.

Mittlerweile ist Speedy wieder eingetroffen und verteilt Dosenbier Marke ‹Lauwarm›. Es zischt im Chor, weil jeder seine Büchse öffnet. Ansonsten ist es sehr still hier im Park, an der alten Eiche, in meinen Leben. «Verdammt, ich bin arm!», schießt es durch meinen Kopf. Was sollte ich denn meinen Kindern sagen, wenn ich welche hätte? «Sorry Mädels, Weihnachten fällt aus. Euer Vater hat gestern nur acht Euro verdient, schält euch 'nen Apfel.» Welch grausamer Gedanke. Es muss etwas passieren. Ich denke an den Engel von neulich. Ob er auch eine Ein-Euro-Mission auszuführen hatte? Seinem Aussehen nach wäre es durchaus denkbar. Ist selbst der liebe Gott pleite? Ist das große Wirtschaftwunder, die Erschaffung der Welt in sechs Tagen, insolvent? Oder steht er jetzt vielleicht hinter den Japanern? Da brummt das Geschäft angeblich richtig. Seit der Sony Playstation kommen die doch aus dem Wirtschaftswachstum gar nicht mehr heraus.

Mein Kopf rotiert. Und wenn's so wäre, würde er es der Menschheit mitteilen? Würde er wieder jemanden zu uns schicken? So, wie er es einmal vor zweitausend Jahren gemacht hat? Und würde er wieder Jesus heißen oder vielleicht Kevin oder Torben? Oder vielleicht schickt er diesmal eine Frau. Wegen der Gleichberechtigung. Würde die Menschheit ihn wieder verurteilen, wie sie es schon einmal gemacht hat? Unendlich viele Fragen schwirren mir durch den Kopf. Nein, er würde diesmal nicht am Kreuz hängen, er würde mit uns abhängen. Hier im Park. Mit mir, Dr. Senfmann, Speedy, Porry, Biermann und dem ganzen Haufen. Gerichtet von ganz oben. Von der Agentur für Arbeit. Und sein Vater könnte wieder nur hilflos zuschauen und in seinen Bart murmeln: «Junge, denen brauchst du das doch nicht zu erzählen. Die brauchen keine Aufklärung, da ist der Zug schon abgefahren. Religion ist eine Wirtschaftsfrage geworden, keine Frage des Glaubens.» Das denke ich mir hier so für mich, zwischen all meinen Saufkumpels. Wenn er wirklich hier wäre, dieser Jesus oder Kevin oder wie immer er auch heißen würde. Auferstehen, Schlange stehen, so wahr ich hier stehe. Beim Arbeitsamt, hier in Recklinghausen. Mitten im Ruhrgebiet. Zwischen all den arbeitslosen Bergmännern, die jahrelang die Kohle aus der Hölle geholt haben. Vielleicht aus Selbstschutz, um nicht eines Tages nach dem Ableben drin schmoren zu müssen. «Wie oben, so unten!», hieß es doch in meinem Konfirmationsunterricht. Die Worte unseres Pastors vergesse ich nie.

Wie oben, so unten? Wo oben? An einen Gott im Himmel konnte ich früher schon nicht glauben. Also wo oben? Etwa bei den Amis? Auf dem Mond? Auch das konnte ich nicht recht glauben. Hier oben jedenfalls kreist lediglich der Pleitegeier. Hier im Park. Über uns. Über Biermann, Speedy, Porry, mir und den anderen. Zwischen den verängstigten Spatzen kreist er, schaut auf uns herab mit der Gewissheit, dass bei uns nix zu holen ist. War das Wesen, das mir beim Arbeitsamt erschienen war, vielleicht ein Pleite-Engel? Wenn ja, könnte ich die Worte meines Pastors «Wie oben, so unten!» mit der komischen Gestalt in Einklang bringen. Doch was wollte dieser Pleite-Engel eigentlich genau von mir? Soweit ich mich erinnere, zickte er nur ein bisschen blöd herum und faselte etwas von Schuld und Nicht-Schuld, worauf letztendlich ich ihn noch hingewiesen hatte. Der konnte mir keinesfalls helfen. Ich brauche etwas Höheres. Eine Begegnung, hinter der mehr Dampf steckt. Eine Begegnung, die mir den zukünftigen Weg weisen kann. Etwas in der Art, wie es Petrus widerfahren ist. Zehn Gebote, so in der Richtung.

Hoffnungsfroh schiele ich auf den Busch gegenüber der Parkbank. Warte insgeheim darauf, dass er Feuer fangen und anschließend eine Mappe mit nützlichen Informationen für mich bereithalten könnte. Doch statt eines göttlichen Zeichens sehe ich nur Weimar, wie er dasteht und an den Busch ‹der Erkenntnis› pinkelt.

Nachdem er abgeschüttelt hat, dreht er sich zu mir und meint: «An deiner Stelle würde ich gleich morgen zum Arbeitsamt gehen.»

Die Realität hat mich wieder. Wenn Leute, die sich ansonsten um nichts kümmern, mich daraufhin hinweisen, meine Pflichten zu beachten, dann muss es wirklich dringend sein.

Ich nehme mir vor, morgen gleich der Erste zu sein, der im Arbeitsamt ansteht. Ich werde den Kopf der Schlange bilden, die Stunde Null der Montagshoffnung einläuten. Ich werde mit einem festen Ziel vor Augen meinem Coach gegenüberstehen. Jede erdenkliche Hilfe annehmen, die mich aus meiner momentanen Situation befreien könnte. Wenn's sein muss, werde ich sogar vorübergehend eine Arbeitsbeschaffungsmaßnahme annehmen. Altkleidersäcke sammeln, Straßen fegen, Gärten umgraben, was auch immer. Nur nicht mehr hier im Park rumgammeln und die Tage zählen, bis mich irgendwann der Tod abholt. Ziele stecken und sie erreichen, das soll ab jetzt mein Lebensinhalt sein. Eine neue Wohnung, ein Fahrrad, ach, was sage ich da, ein Auto könnte her. Mit breiten Reifen und elektrischen Fensterhebern. Mit getönten Scheiben natürlich, damit die Sonne nicht blendet, wenn ich gen Süden fahre, um meinen allerersten Urlaub anzutreten. Rom soll sehr schön sein. Oder der schiefe Turm von Pisa. Die Welt entdecken.

Für einen Augenblick glaube ich, Gott schaut mir zu und nickt zustimmend. Ist einverstanden mit meinen Zukunftsplänen. Und ich kann mit seiner Unterstützung rechnen. Es fehlt nur noch eines und das ist die Tür, an die ich anzuklopfen habe. «Klopfe, und dir wird geöffnet», so heißt es doch. Und diese Tür werde ich finden. Morgen. In der Früh. Als Erster.

Im Arbeitsamt. Ich kann es kaum noch abwarten. Ich brauche mich nur noch schlafen zu legen, stehe am nächsten Tag auf und zack , mein neues Leben kann beginnen. Bleibt allerdings die Frage: Wo lege ich mich schlafen und wo stehe ich anschließend wieder auf?

Zwischen Schattenton und Aschetonnen

Doch bevor ich wieder bei diesen Temperaturen draußen schlafe, frage ich lieber bei Schattenton an. Dass ich seine Gastfreundschaft in Anspruch genommen habe, ist eine Bettelperiode her. Um nicht wieder in lange Diskussionen hineingezogen zu werden, kaue ich meinen Biergeruch mit Hilfe von abgerissenen Blättern weg. Mit Spucke ziehe ich mir noch schnell einen Seitenscheitel, und im gleichen Rhythmus wie dem meines Herzschlages klopfe ich gegen seine Gartentür.

«Hat da jemand einen Presslufthammer verschluckt oder leidet hier einer an Parkinson?», schallt es durch die Holztür, die dann auch gleich geöffnet wird. «Mann, hast du einen Tankwagen Kaffee gesoffen oder was soll die Hektik hier am frühen Abend?»

«Ich bräuchte noch mal deine Hilfe, Schattenton», entschuldige ich mein nervöses Auftauchen.

«Ja, komm schon, hör auf zu jammern. Ich habe dir doch gesagt, dass du jederzeit zu mir kommen kannst. Solange der Alk vor der Tür bleibt», dabei zuckt er so mit der Nase und macht dabei eine Geste, als hätte er was gemerkt, was er aber doch nicht gemerkt hat oder besser nicht merken wollte. Freundschaftsgeste der Not.

Bei heißem Tee sitzen wir jetzt da und plaudern über alles und nichts. Es tut mir gut, wieder bei Schattenton zu sein. Zwar ist auch er arbeitslos und nicht gerade von irgendwelchen Hoffnungsschimmern umgeben, aber immerhin noch nicht völlig aus dem Leben getreten.

«Sag mal, hast du schon mal etwas von einem Ein-Euro-Job gehört?», frage ich vorsichtig. Kaum habe ich die Frage ausgesprochen, läuft Schattenton hochrot an. Seine Halsschlagader pulsiert und sein Blick hat etwas Zerstörerisches an sich.

«Ich weiß gar nicht, wofür ich jahrelang studiert habe, erstklassige Arbeiten abgeliefert und der Softwareentwicklung viele Jahre geopfert habe. Als Dankeschön darf ich jetzt Demenzkranken auf die Sprünge helfen, wenn sie nicht mehr wissen, wann sie zum letzten Mal kacken waren!», brüllt er los, als wäre ich einer der Schuldigen. Sein durchdringender Blick lässt mich erstarren.

«Aber Schattenton ...», versuche ich vorsichtig auf ihn einzuwirken, «was ist denn jetzt los?»

«Was jetzt los ist?», äfft er mich nach und brüllt in derselben Lautstärke weiter: «So laaaaangsam kann ich die Baader-Dingsda-Bande verstehen, doch leider scheint es jetzt wohl zu spät zu sein. Die haben es doch schon längst gewusst, die haben es gewusst! Und was tun wir doofen Deutschen? Wir laufen mit verschlossenen Augen über Rot und hören noch nicht mal, wenn sich von rechts ein LKW nähert. Und platsch!» Mit voller Wucht haut er auf den wackligen Holztisch, dass die Teetassen gleich samt Inhalt auf dem Boden landen. «Die waren unsere Robin Hoods.» Während er dies sagt, mimt er einen Bogenschützen. «Die wollten uns vor dem bewahren, was jetzt unabänderlich eingetroffen ist. Unabänderlich!», wiederholt er noch mal und gleich doppelt so laut.

«Ja aber was denn, Schattenton, was denn? Wovon redest du?» Eine Antwort suchend verfolge ich seine Blicke, die sich unkontrolliert auf den Garten richten.

«Moderne Sklaverei, mo-der-ne Sklaverei, davon rede ich. Neudeutsch auch Ein-Euro-Job genannt. Nach etlichen Jahren, nur noch mal zur Erinnerung. Und ...?» Fragend schaut er mich an. «Zwei Tage später stehe ich bei einem altgedienten Landarbeiter aus Britannien, der sich weder daran erinnern kann, dass der Zweite Weltkrieg schon sechzig Jahre hinter uns liegt, noch daran, wann er das letzte Mal ein Klo aufgesucht hat. Um mich kurz zu fassen, ich bin jetzt sein therapeutischer Wegbegleiter in seiner Welt der Vergesslichkeit. Demenzsoziologe mit Zertifikat, hat mein Arbeitsberater, der sich jetzt übrigens Integrationscoach nennt, zu mir gesagt. Nach einer Woche Theorie!» Wieder wird er lauter.

«Integrationscoach ...», lächelnd wiederhole ich das Wort.

«Was gibt es denn da zu lachen? Dir scheint wohl der Ernst der Lage nicht ganz klar zu sein. Ich helfe dir mal auf die Sprünge.» Schattenton erhebt sich und läuft um den Tisch. «Weißt du eigentlich, wie viele Sozialarbeiter in den Siebzigern, Achtzigern und Neunzigern mit Abschluss die Hochschulen verlassen haben?»

Ich überlege. Nach kurzem Innehalten verneine ich seine Frage.

«Tausende!», platzt es laut aus ihm heraus. «Nicht zu vergessen die vielen tausend anderen, die auf dem zweiten Bildungsweg das Gleiche taten. Und was glaubst du, wo die meisten von denen sich in diesem Augenblick befinden?» Mit beiden Händen stützt er sich auf den Tisch und guckt mich provokant an.

«Was weiß ich denn? Jetzt komm mal langsam auf den Punkt!» Etwas genervt von seinem geheimnisvollen Getue versuche ich, meine Ahnungslosigkeit zu überspielen.

«Mann, bist du so blöde, oder was? Die da oben», er weist dabei wirklich mit dem Finger nach oben, «haben ein System entwickelt, uns kleinen Bürger klein zu halten.» Um das Gesagte zu unterstreichen, zeigt er mit Zeigefinger und Daumen eine Größe an. «Ich mach jetzt genau die Arbeit, die normalerweise ein Sozialarbeiter gut bezahlt tun sollte, für umgerechnet einen Euro die Stunde. Gleichzeitig ist der Sozialarbeiter, dem dieser Job zustehen würde, entweder arbeitslos oder er steckt in einer anderen Ein-Euro-Maßnahme. Vielleicht ist er sogar in der Softwareentwicklung tätig, mit Zertifikat ...»

Mit verständnisvollem Blick versuche ich ihm zuzustimmen, obwohl ich seinen Gedanken immer noch nicht ganz folgen kann: «Ja, ich weiß, der Arbeitsmarkt scheint ein wenig aus den Fugen geraten zu sein.»

Schattenton antwortet, immer noch erregt: «Erstens handelt es sich hier nicht mehr um einen Arbeitsmarkt, sondern um einen Sklavenmarkt, und zweitens ist er nicht einfach aus den Fugen geraten, sondern er ist kontrolliert und gut durchdacht von der netten Obrigkeit herbeigeführt worden.»

«Bist du da jetzt nicht ein bisschen paranoid, du klingst ja schon wie Dr. Senfman.»

«Senfmann, Senfmann, vergleich mich nicht mit dem Weltfremdspinner. Ich rede hier von Tatsachen und nicht von Science-Fiction, wie es euer selbsternannter Doktor immer tut. Ich gebe dir jetzt mal ein paar Stichworte mit in den Schlaf. Ich leg mich nämlich gleich ab, muss morgen vier Patienten betreuen.»

«Vier?», gebe ich fragend zurück.

«Vier sind es heute, an anderen Tagen sind es bis zu acht.»

«Acht?», nochmals wiederhole ich staunend die Zahl. Etwas verwirrt schaue ich auf den klapprigen Tisch, der immer noch Teespuren aufweist. «So viele Demenzkranke gibt es?» Die Frage konnte ich mir jetzt nicht verkneifen.

«Es gibt sogar noch viel mehr. Hunderte, wenn nicht gar Tausende, und das allein hier in unserem Bundesland.» Mit scharfem Ton zischt Schattenton mich an, als wäre ich auch daran wieder schuld.

«Ja, ja, ist ja schon gut, woher soll ich das denn wissen? Mir ist noch keiner begegnet.»

«Ab und zu mal in den Spiegel schauen.» Sagt es und fuchtelt dabei mit seiner rechten Hand vor meinem Gesicht herum, als wolle er in meinem Gehirn herumkramen. «Und jetzt frag nicht weiter so blöd, sondern denk mal hierüber nach.» Nun zählt er in einer Affengeschwindigkeit Dinge auf, die mir teilweise geläufig, andere wiederum gänzlich unbekannt waren: «Zechensterben, Stahlhütten, Japanisierung, Polenstrich, Kinderarbeit in Indien, Callcenter, Massenentlassungen in der Baubranche trotz Bauboom, Mindestlohndiskussionen, Gewerkschaftsgedümpel, Lohnkürzung, Leihfirmen, private Arbeitsvermittler, Bildungsgutscheine, ABMs, Hartz IV, Agenda 2010, Globalisierung, Internetbörse, Second Life ...»

Während er wie ein Dauerfeuer all diese Begriffe aufzählt, geht er mit erhobenem Kopf zum Hütteneingang und lässt mich damit in der Dunkelheit zurück. Mittlerweile ist es schon weit nach 22 Uhr, was mir ein kurzer Blick auf seine schief hängende Kuckucksuhr verrät. Schattentons Weltsicht hat in mir wieder Unbehagen ausgelöst. Nach lustiger Zukunft sieht es nicht gerade aus, aber ist es wirklich so drastisch, wie er es beschrieben hat? Vielleicht wird ja auch nur der Blick für das Negative verstärkt, sobald man in solch einer Lage steckt. Mit gesenktem Kopf blicke ich gen Himmel, was Nackenschmerzen verursacht, doch anders gerade nicht möglich ist. Ich will meine Hoffnung nicht dem Schicksal überlassen. Ein seufzendes «Ach Gott» entweicht meinem Mund, ein geübter Dackelblick untermalt das Ganze noch etwas, doch die Nacht bleibt still.

Am nächsten Morgen scheint Schattenton wie verwandelt. Ich sehe ihn frohgelaunt und pfeifend an seinem selbst angelegten Fischteich stehen. Er spricht mal wieder mit seinen Fischen. Daran wäre normalerweise nichts auszusetzen, denn mit Tieren zu sprechen, ist ein gutes Mittel zur Selbsttherapie, so gegen fast alles, sagt man. Aber die Art und Weise, wie Schattenton mit seinen Fischen redet, widerspricht jeglicher Therapieform.

«Ja habt ihr denn noch genug Wasser, ja habt ihr denn? Ja, eieiei, wer will denn heute mal ein bisschen vor die Tür? Will einer von euch mit zum Bäcker?»

«Schattenton», rufe ich durch den kleinen Schlitz der Fensterluke, «ich glaube kaum, dass einer deiner Fische mehr als zwei Meter aufrecht gehen kann!»

«Was weißt du denn schon von Fischen?», zischt er. «Der Fisch ist eines der intelligentesten Tiere auf diesem Planeten, und ganz besonders der Koi.»

«Ja, sicher, deswegen arbeiten so viele von denen auf der Kirmes als Backfisch.»

Der Demenzpatient

Kurz entschlossen begleite ich Schattenton bei seinem Patientenbesuch. Nach einer Viertelstunde kommen wir an einem alten Holzhaus an. Gemeinsam betreten wir die Bude.

Schattenton öffnet eine Jalousie. Mein erster Blick fällt auf die schnaufende Gestalt, die wie angeklebt auf einem alten Holzstuhl hin und her wippt. Angewurzelt stehe ich da und kann die Situation nicht so recht einordnen. Wieso sitzt der Mann in diesem kleinen muffigen Raum und vegetiert in völliger Dunkelheit tagaus, tagein vor sich hin? Gefangen in einer fünf mal fünf Meter großen Holzbaracke, umgeben von duftenden Feldern und strahlendem Sonnenschein!

Schattenton öffnet jetzt die anderen Fensterdeckel, und der Raum erhellt sich bis in die kleinsten Winkel. Das Einzige, was nicht heller wird, ist die Gesichtsfarbe des alten Mannes. Bevor ich Vermutungen äußern kann, gibt mir Schattenton zu verstehen, dass Herr Nelson Engländer ist. Seit der dritten Generation. Seit der dritten Generation? Ich wende meinen Blick nicht ab von dem angeklebten Mann, und je mehr sich meine Sehschärfe der Helligkeit im Raum anpasst, desto mehr ist der Mann da auf dem Stuhl eindeutig afrikanischer Herkunft.

«Herr Nelson ist im südlichsten Teil Englands aufgewachsen. Seine Eltern waren noch richtige Sklaven», erklärt mir Schattenton. Er betont es so albern, als mache er eine Museumsbesichtigung.

Mir ist völlig egal, wer da sitzt, und noch gleichgültiger ist es mir, wo seine Eltern herkommen. Sklaven? So was kenne ich nur aus Geschichtsbüchern oder aus alten Filmen. Dass ich mal einem direkten Nachfahren eines Sklaven leibhaftig begegnen würde, hätte ich nie für möglich gehalten. Für einen Moment fühle ich mich, als stünde ich höchstpersönlich in Onkel Toms Hütte.

Schattenton redet mit meterlanger Geduld auf den sitzenden Mann ein, und ich stehe da und habe ‹Kriegsveteran› im Kopf. Die Frage, in welchem Krieg Herr Nelson wohl anwesend gewesen sein könnte, drängt sich dazu. Gab es hier in Deutschland einen afrikanischen Bürgerkrieg? Noch ehe ich mir diese Frage beantworten kann, wechselt der Mann vom Stöhnen ins Sprechen.«Schließ die Fenster, schließ die Fenster», röchelt er jetzt.

«Er kann das Tageslicht nicht vertragen», meint Schattenton beiläufig, während er einen Topf Wasser aufsetzt. Ich ziehe eine der Fensterklappen wieder ran und das Röcheln lässt gleich nach.

Die tiefe Stimme des alten Mannes klingt nach Tabak und Rum, als er sich zu erheben versucht und nach einem Glas Wasser verlangt. Schattenton reicht mir eines und ich reiche es weiter. Mit heftigen Zügen, die Hälfte geht dabei daneben, leert er das Glas.

«Du siehst nicht gerade aus, als hättest du an der Front gedient», richtet er jetzt eher mahnend das Wort an mich.

Gedient, Front? Der letzte hier geführte Krieg ist über sechzig Jahre her. «Ich verstehe nicht», entschuldige ich mich. Schattenton schaut mich an und sein Finger zeigt einen Vogel.

Nachdem Schattenton alles Nötige für Herrn Nelson erledigt hat, verlassen wir das Holzhaus wieder, welches mich bei genauerer Betrachtung an New Orleans erinnert. Mississippi, Huckleberry Finn, Onkel Tom und ein Floß, auf dem ich jetzt gerne sitzen würde.

Unterwegs plaudern wir noch ein bisschen über die guten alten Tage. Da gibt es 'ne Menge zu erzählen, und so hocken wir noch bis spätabends bei Kerzenschein und Tee.

Der Glückauf-Keks

Am nächsten Morgen erzähle ich Schattenton von einem Traum. Er nickt nur, als träume er Ähnliches, und das schon seit Jahren.

«Das ist kein Traum, was du da erzählst, es läuft fast täglich als Reportage im Fernsehen.»

«Ja, es war aber ein Traum.»

Nach einem kurzen Wortgefecht beschließen wir zu frühstücken. Unsere Streitgespräche sind nie von Dauer, weil sie belanglos oder einfach so herbeigezogen sind.

Nach einem Moment der Stille meint Schattenton plötzlich: «Ich habe die Lösung für unsere Geldprobleme.»

Gespannt warte ich auf die Heilsbotschaft.

«Kekse», mehr sagt er nicht und guckt erwartungsvoll in meine Richtung.

«Kekse?», gebe ich als Frage zurück und gucke jetzt ebenfalls erwartungsvoll. Doch außer den Fischen höre ich nichts. Wir schauen aneinander vorbei, dann wieder in die Augen und anschließend wieder aneinander vorbei.

«Ich mache das große Geld, wie Ford mit seinen Autos oder Jackson mit Pop. Ja, Kekse und zwar nicht irgendwelche Kekse, sondern Glückskekse. Um es genauer zu sagen: Glückauf-Kekse. Ich, Schattenton, bin ab heute der Erfinder der Glückauf-Kekse. Jackson, Michael Jackson – Mann, der hat eine ganze Generation mit Pop versorgt, bis ihm die Nase abfiel und er seitdem umherschleicht wie ein Sack Mehl.»

Ich schaue ihn an und entgegne wütend: «Der Mann hat die Jugend mit Emotionen gefüttert, und du kommst mit so einer bescheuerten Idee und willst mit einem Glückauf-Keks die Esskultur revolutionieren? Fass dir mal an den Kopf.»

Schattenton glotzt, als hätte er schon hunderte von diesen Keksen in sich hineingequetscht.

«Jetzt überleg doch mal», zischt es aus ihm heraus, «die Menschen hier im Ruhrgebiet brauchen so etwas wie eine ewige Erinnerung an ihre jahrhundertealte Tradition des Bergbaus. So etwas wie ein Mahnmal der Knechtjahre und Entbehrung.»

«Und genau dies willst du ihnen geben in Form von Keksen?» Ich muss loslachen und kriege mich kaum wieder ein. «Glückauf-Kekse, Glückauf-Kekse», ich äffe einen Chinesen nach. «Du wollen Lück auf Jekse laufen?», lispele ich durch die Zähne und krümme mich vor Lachen.

Irgendwann richte ich mich wieder auf und versuche, mich durch tiefes Durchatmen zu sammeln. «Und welche Weisheiten, bitte schön, sollen auf diesen kleinen weißen Papierstreifen stehen?» Ich schaue in sein immer noch überzeugtes Gesicht und warte gespannt auf Antwort.

Wichtig, als hätte er gerade die Glühbirne zum zweiten Mal erfunden, reibt er sich mit Daumen und Zeigefinger die Nasenflügel. Er reibt und reibt, als wolle er daraus eine Zigarette drehen.

«Nun sag schon!»

Ein Knistern liegt in der Luft, und an seinem Blick sehe ich, dass er Worte auf seiner Zunge sortiert, die er jeden Moment ausspucken wird. Er fängt an zu kauen wie eine Kuh auf Rollrasen, reibt noch nervöser an seinen Nasenflügeln, als würde er versuchen, einen Knoten reinzudrehen. Dann nimmt er Daumen und Zeigefinger weg von der Nase und fuchtelt mit

Letzterem im fast luftleeren Raum herum, weil ich vor lauter Anspannung beinahe den gesamten Sauerstoffvorrat aufgesogen habe.

Der Mund öffnet sich und seine Zunge fällt raus wie ein nasser Sack. Ein bisschen sieht es so aus, als wollte die Kuh jetzt den Rollrasen verlegen. «Hast du bisschen Peche, dann warst du nicht auf Zeche.»

«Hä? Bitte was?» Für einen Moment habe ich das Gefühl, alleine auf dem Mond zu stehen. Das hat der Schwachmat hoffentlich nicht ernst gemeint. Nervös kratze ich mich mit beiden Händen am Kopf, als wäre ich die Inkarnation des Schorfs. Kratze und kratze und glaube dabei nicht, glaube nicht, was ich gerade gehört habe. Völlig verstört springe ich auf und laufe hin und her. Fast so schnell, dass ich jeden Moment mit mir selber kollidieren könnte. «Mann, das ist ja noch genialer als Thriller! Du schaffst genau das Gleiche, was Jackson nach zwanzig Jahren Musikerfahrung geschafft hat, und das mit weniger als zwei Sätzen! – Hast du ein bisschen Peche, dann warst du nicht auf Zeche», wiederhole ich seinen Satz, ohne dabei auf eine Gestik zu verzichten, als stünde ich auf einer Theaterbühne und spielte gerade Hamlet. Ich will das Ganze verstehen, muss es verstehen. «Und was hast du dir sonst noch für Weisheiten ausgedacht, mit denen du deine Kekse bestücken und Generationen beglücken willst?»

Wieder verlegt seine Zunge Rasen, und wenn er weiter so an seiner Nase rumschraubt, ähnelt er wenigstens in einem Punkt Jackson. «Umso länger du in den Stollen kriechst, du sogleich viel weniger wiegst. – Für Leute, die abnehmen wollen», erklärt er seinen neuen Spruch.

«Ja, was auch sonst», gebe ich genervt zurück. «Mann, jetzt bleib doch mal ernst! Wer soll sich für so einen Scheiß ernsthaft interessieren?», feuere ich los.

«Die Menschen hier im Revier. Die, die jahrelang unter Tage gearbeitet haben, die Kumpels, die mit Staublunge oder sonstigen Krankheiten ...»

«Die ... die ... die kannst du doch nicht mit Glückskeksen aus ihrer Lethargie zaubern.»

«Glückauf-Kekse», verbessert er mich, «das ist ein Stück Heimat. Ein Stück Zeitgeist, nur anders verpackt. Denk doch mal, im Schwarzwald gibt es die Kuckucksuhren, in Bayern diese Briefbeschwerer, die immer schneien, die gibt es mittlerweile schon überall. Aus Russland kommen die Piroschkas, aus Friesland diese Leuchttürme und in jedem Chinarestaurant gibt es Glückskekse.»

Für einen Moment scheint er mich doch überzeugt zu haben. Innerlich erweitere ich seine Sätze: «... und im Revier gibt es jetzt die Glückauf-Kekse.» Irgendwie scheint die Idee ja völlig bescheuert zu sein, doch andersherum betrachtet gibt es so viele bescheuerte Dinge, die irgendjemand mal erfunden hat und nun in jedem Schaufenster stehen, Regale füllen und Schränke vollstopfen. Das Jo-Jo, der Zauberwürfel, das Pokémon, Tamagotchi, Esspapier und nicht zu vergessen die Leckmuschel. Ja, wer kam denn auf so eine bescheuerte Idee und erfand die Leckmuschel? Doch wie viele Millionen, ach was, Milliarden wurden davon mittlerweile weltweit verkauft? Vielleicht hat Schattenton wirklich eine geniale Geschäftsidee, und mir fehlt nur der rechte Glaube daran. «Glückauf-Keks», sage ich vor mich hin, mit Daumen und Zeigefinger reibe ich an meinem Kinn, laufe auf und ab und blicke auf Schattenton herunter, der immer noch grinsend Selbstsicherheit ausstrahlt.

«Blickst du schweigend vom Förderturm, gleicht jedes Problem einem Regenwurm.» Als könnte man meine Gedanken lesen, blicke ich nervös um mich. Was war das denn? Eine Eingebung? Ein Spruch ging mir durch den Kopf. Mir, dem Meister Zweifel persönlich, mir ging ein Spruch durchs Hirn. Haben sich jetzt etwa die Synapsen Schattentons mit meinen vereint? Eine geistige Verschmelzung?

Für einen Moment bleibe ich stehen und warte, vielleicht kommt ja noch eine. Also wenn noch eine kommt, dann steige ich bei diesem Projekt mit ein. Als würde ich jetzt mein Schicksal heraufbeschwören, lausche ich in mein Inneres. Schiele sogar lauernd nach oben, als könnte ich meine aufsteigenden Gedanken sehen. Doch nichts tut sich. Ich stehe auch selbst im Laden und verkaufe, wenn noch ein Spruch aufkommt, verspreche ich meinem Hirn. Das schaut jedoch nur anteilslos auf mich herab.

Schattenton reißt mich aus meinem inneren Monolog: «Und jetzt überleg doch mal, wie viele Pommesbuden es gibt, Kneipen, Kioske, Tankstellen. Überall, Dortmund, Bochum, Essen, Herne, überall gibt es Abnehmer, überall lebt da irgendwo ein Bergmann oder jemand, der einen Bergmann kennt. Ein Keks kostet nur 50 Cent, und dieser Keks kann Leben retten, einem verzweifelten Gesicht ein Lächeln entlocken, und das nur mit dem richtigen Spruch. Das ist die billigste Therapieform überhaupt. Hör mal den zum Beispiel: «Ist der Bergmann immer noch sauer, liegt's wohl an der DDR-Mauer.»

«Aber die DDR-Mauer gibt es doch gar nicht mehr», protestiere ich.

«Ja eben», erwidert Schattenton, «genau deshalb. Seit die Mauer nicht mehr steht, ging doch auch das Zechensterben los.»

«Ja, aber da können doch die ehemaligen DDR-Bürger nichts für», schüttle ich verständnislos mit dem Kopf.

«Das spielt doch hier gar keine Rolle, wer schuld oder sonst was ist. Hauptsache, die Bergmänner sagen jau und sind geheilt. Die werden wütend, Wut erzeugt Adrenalin, und Adrenalin regt bekanntlich die Geister an. Ein ganz natürlicher Kreislauf. Und dann kriegen sie solch einen Elan, dass selbst die depressivsten sich wieder eine Arbeit suchen. Da bekommt die ganze Wirtschaft einen nie gekannten Aufschwung.» Schattenton redet wie fanatisch, als hätte er eine neue Weltformel entdeckt, die im Nu alle Probleme der Menschheit beseitigt.

«Hör mal, kann es sein, dass du da gerade ein bisschen übertreibst? Wir reden hier immer noch von Keksen. Von stinknormalen Keksen.» Mit ruhiger Stimme versuche ich, ihn wieder auf den Boden der Tatsachen zurückzuholen.

«Ganz normale Kekse, ganz normale ...», jetzt steht auch er auf und brüllt lauthals durch die Luft: «Was soll denn an Glückauf-Keksen deiner Meinung nach normal sein? Hast du überhaupt jemals einen gegessen?» Nun stehen wir uns Nase an Nase gegenüber. Es scheint nur noch eine Frage von Sekundenbruchteilen zu sein, bis Schattenton mir seinen Rollrasen in Form von überhitzter Zunge übers Gesicht schiebt. «Diese Art von Keksen kann nicht normal sein, weil es sie nämlich noch gar nicht gibt. Sie entsprechen also nicht der Norm, also sind sie nicht nooormaaaal», meint er und schnalzt dabei mit der Zunge über die Lippen, dass ich unausweichlich angesabbert werde. «Diese Kekse sind neu, und ich schwöre dir, man wird sie mir mit Handkuss aus den Fingern reißen.» Mit diesem Satz erhebt er sich vom Tisch, greift zu einer Dose und beginnt die Fische zu füttern.

Weimar

Die Mittagssonne lädt mich ein, ein paar Meter zu gehen. Vielleicht ist es besser, wenn ich nicht zu oft mit Schattenton abhänge. Seine Ideen grenzen schon ein bisschen an Größenwahn, und vielleicht färbt das irgendwann mal ab. Arbeitslos plus Größenwahn, was kann es Schrecklicheres geben?

Während ich so über die eine oder andere Wahnvorstellung nachgrüble und gedanklich in den Epochen nach bekannten größenwahnsinnigen Persönlichkeiten Ausschau halte, treffe ich auf Weimar. Nach kurzem Hallo und aktuellem Wetteraustausch erzähle ich ihm kurz von meinem Dilemma. Von dem vergessenen Schlüssel, den Konflikten mit Schattenton, meinem Traum und dem Termin beim Amt. Ja, und dass ich jetzt nicht wisse, wo ich bis morgen bleiben könne.

Er kramt in seiner Jutetasche und reicht mir eine Dose Bier. «Ich muss am Montag auch zum Amt, und wenn du willst, kannst du bei mir pennen», meint Weimar

Ja, warum eigentlich nicht? Ich kenne Weimar zwar kaum, und wo er genau wohnt, weiß ich auch nicht. Aber egal, bin auf alles gefasst. Was habe ich schon zu verlieren?

Erst landen wir mal wieder im Park, wo alle vereint sind. Diesmal kommen Gestalten, die ich schon lange nicht mehr gesehen habe. Auch die schwangere Immerwillige, die mit den zehn Bälgern von zehn verschiedenen Kerlen. Mit drei Kinderwagen zugleich kommt sie auf uns zu. Eine Schar von Kleinkindern folgt ihr. Links und rechts von ihr zwei junge Männer, die aber ebenfalls ihre Söhne sind. Je näher sie kommt, umso nervöser werden Porry und Plauke. Ein kurzer Blickcheck, den ich den Kindern widme, genügt, um meine Schlüsse zu ziehen. Die kurz darauf lauthals geführte Diskussion mit der Immerwilligen bestätigt meine Vermutung.

Weimar und ich wollen uns das Geblöke über Besuchsrechte und Alimente nicht weiter anhören und beschließen, zu ihm nach Hause zu gehen.

Nun sitze ich hier bei Weimar in der Küche. Zwei Stühle, ein Tisch, ein Berg von geöffneten Ravioli-Dosen und eine Katze, die sich schnurrend um meine Beine schlängelt. Um Beine, die sich anfühlen wie zwei Bleiklumpen. Hätte ich gewusst, dass Weimar im Südviertel wohnt, hätte ich seine Einladung dankend abgelehnt. Na ja, jetzt sitze ich hier und bin auch froh darüber.

Während Weimar über die gute alte Zeit berichtet, versuche ich, mit einem alten Lappen die Katzenpisse von meinem Hosenbein zu wischen. Wenn es überhaupt Pisse ist. Die Katze grinst so komisch, aber so weit will ich nicht denken.

«Wie war denn die Flucht?», unterbreche ich Weimar, ohne vorher darüber nachgedacht zu haben.

«Also, das war so ...»

Zwischendurch wandern meine müden Augen zu der etwas schief hängenden Wanduhr, die eigentlich in einem Kinderzimmer besser aufgehoben wäre. So eine Pokémon-Uhr, bei der die Arme als Zeiger dienen.

«Ich bin müde», unterbreche ich Weimar, in der Hoffnung, mich endlich schlafen legen zu dürfen.

«Ja, warte, ich schiebe eben den Tisch etwas zur Seite.» Er steht auf und zerrt an dem Tisch herum, an dem ich noch meinen

Arm aufgestützt habe. «Eine zweite Decke habe ich leider nicht, aber ein paar Geschirrtücher könnten es auch tun», erwähnt er beiläufig.

Nun bemerke ich, dass ihm nicht nur eine zweite Decke fehlt, sondern eine zweite Räumlichkeit ebenfalls. Die Toiletten befinden sich demnach im Flur, und wie die aussehen, weiß ich. Also warte ich, bis ich etwas Besseres gefunden habe. In Embryostellung, die Hände als Kopfkissen dienend, liege ich hier. Mit dem Blick auf leere Konservendosen schlafe ich ein.

Bei der Bundesagentur

Statt im Arbeitsamt den erwarteten Schlangenkopf zu bilden, stehen wir ziemlich weit hinten.

«Ich war mir sicher, die Busse fahren jede Viertelstunde», murmelt Weimar vor sich hin.

Vor uns steht ein Inder. Adrett gekleidet, Kommunionsanzug, zwei Nummern zu klein, aber die Schuhe auf Hochglanz poliert. Seine schwarze Haarpracht ebenfalls. Für einen Moment bin ich mir sicher, irgendwann von ihm eine Rose gekauft zu haben. Ungefähr zehn Leute sind vor uns. Eigentlich müsste es schnell gehen, hofft Weimar.

Nach einer Stunde verlässt der Inder das Gebäude und endlich komme ich dran. Alle Schweißdrüsen sind jetzt in Betrieb. Nervös reibe ich meine Hände und schreite zur Tür meines Integrationscoachs. Meinen Text auswendig gelernt wie ein Gedicht, gerüstet und zu allem bereit. Mein Arbeitsberater ist gute zehn Jahre jünger und entspringt der Generation, die nicht mehr ‹Guten Morgen› zu sagen braucht. Mit einem Händewedeln gibt er mir zu verstehen, mich zu setzen. Er tippt auf seiner PC-Tastatur herum, schaut zu mir rüber, tippt, schaut, tippt. So geht es eine ganze Weile.

«Wo waren Sie am Mittwoch?», fragt er in rügendem Ton. Noch bevor ich antworten kann, rügt er weiter. «Sie wissen ja, wer zu einem Termin nicht erscheint, dem wird das Geld gestrichen.»

«Ja, aber ich war doch ...»

Noch bevor ich meine Entschuldigung bis zu Ende herunterleiern kann, liegt schon ein Zettel vor mir, den ich nur noch zu unterschreiben brauche. Ich habe noch nicht mal die ersten zwei Zeilen gelesen, da meint er schon, dass ich gleich am nächsten Montag anfangen könne. Hastig überfliege ich den Text, der zum größten Teil nur aus Paragraphen besteht. Aber was ich am folgenden Montag anfangen kann, steht da nicht.

«Um was für eine Tätigkeit handelt es sich denn da?», frage ich höflich.

«Sie werden mit einer Gruppe von cirka zehn Leuten die Parkanlage Süd wieder instand setzen, Gärtnerkenntnisse sind nicht erforderlich.»

Das Ganze klingt so nach Abkommandieren in irgendeine Strafkolonie. Nach Sozialstunden, nach Strafarbeit, nach russischem Gulag. Ein bisschen verwirrt starre ich auf das Paragraphenblatt, dann beobachte ich eine Fliege, die wieder und wieder gegen die Fensterscheibe fliegt. Sie sieht das Glas nicht, ich den Sinn nicht. Für einen kurzen Moment fühle ich mich eins mit dieser Fliege. Eine unsichtbare Barriere scheint mein Lebensglück zu trüben. Eine zehnköpfige Kolonne Langzeitarbeitsloser im Südpark? Das kenne ich doch schon seit fünfzehn Jahren. Biermann, Dr. Senfmann, Speedy im Stadtpark. Und jetzt ab Montag für mich dasselbe in Grün? Eine zehnköpfige Arbeiterkolonne in grüner Gartenkluft.

Verständnislos blicke ich in das nichtssagende Gesicht meines Gegenübers. Die Fliege hat mittlerweile erkannt, dass es sich um ein Kippfenster handelt und ist ihrem Glück entgegengeflogen. Wieso kann 'ne Fliege machen, was sie will? Drecksfliege!

«Hier unten unterschreiben!»

Ich unterschreibe. Drecksfliege!

Die nächsten Tage verbringe ich bei Weimar, blicke vor dem Schlafengehen in leere Ravioli- Dosen und lausche zum x-ten Mal seiner Fluchtgeschichte. Auf irgendeine Art ist es spannend, denn jedes Mal hat er einen neuen Fluchtweg, den ich noch nicht kenne. Ob unter der Mauer, über die Mauer oder einfach nur mitten durch, glaubhaft ist es jedes Mal von neuem.

Für Freitag habe ich einen Termin beim Wohnungsamt, weil eine Küchen-WG mit Weimar für mich auf Dauer nicht in Frage kommt. Das Wetter zeigt sich mittlerweile von seiner schlechtesten Seite. Graupelregen bis hin zu Hagelstürmen, meterhohe Laubberge, über die man schon nicht mehr drüberrutschen, sondern stolpern muss, und Baumskelette, so weit das Auge reicht. Der Himmel hängt so tief, dass man die ganze Zeit das Gefühl hat, gebückt durch die Straßen zu laufen. Wenn ich dem Wetter eine Diagnose geben müsste, fielen mir spontan Depressionen ein. Aber ein Wetter wird ja bekanntlich nicht krank, sondern es macht krank, und zwar richtig. Und so liege ich hier, genau am Freitag meiner Befreiung, die ich mir vom Wohnungsamt erhoffe, flach. Grippe bis in die letzte Rippe. Fieber, weit über vierzig Grad. Rotznase, Husten und einen Kopf wie ein Rathaus, nur mit mehr Bewegung drin.

Weimar sollte für mich gehen, aber er liegt mir gegenüber und röchelt von seiner Flucht 1987 in einem umgebauten Trabi. Mit Zwiebelsaft in lauwarmem Bier, einem alten Hausrezept von Oma Weimar, päppeln wir uns wieder auf.

Arbeitsantritt im Park

Es ist Montag. Mit leichten Gliederschmerzen stehe ich hier, es ist gerade mal sieben Uhr und noch stockduster, an einem alten Baucontainer und nehme meine neue Arbeitskluft entgegen. Grüne Latzhose, grüne Jacke, grünes Käppi und Sicherheitsschuhe, schwarz. Es werden Namen ausgetauscht und Zigaretten geliehen. Ein Typ mit Halstätowierung reicht einen Flachmann herum. Einige nippen, andere grinsen nur, er selber kippt den Rest in einem Zug hinunter. Er heiße übrigens Faust, und wer ihm blöd kommt, bekomme einen Satz heiße Ohren. Der Rest der Truppe besteht hauptsächlich aus Jugendlichen, wahrscheinlich ohne Schulabschluss. Der Inder von letzter Woche ist auch wieder dabei, und ich meine immer noch, ihn zu kennen. Ein älterer Herr steht neben einem Bürschchen mit Irokesen-Haarschnitt und bohrt mit dem Finger in den Ohren, während er gespannt den Anweisungen unseres vermeintlichen Vorgesetzten lauscht. Er könnte früher Staubsaugervertreter oder Versicherungsfritze gewesen sein. Der Irokese zählt gleichgültig seine Füße, und der Rest der Kolonne tuschelt untereinander. Der Inder riecht an einer Rose, während ich Hacke und Spaten von meinem neuen Vorgesetzten entgegennehme.

In Zweiergruppen verteilen wir uns im Park. Mir wird Bernd zugeteilt. Abgebrochene Bergmannsausbildung, Vater Trinker, Mutter tablettenabhängig. Dies erfahre ich alles in knapp zwei Minuten, danach scharrt er schweigend das matschige Laub aus den Sträuchern.

In der Frühstückspause wird über das Übliche geplaudert. Kürzungen, Arbeitsmarkt und falsche Politik. Einige reden davon, ihren Schulabschluss nachzuholen, und tun dies mit einer emotionalen Hingabe, als redeten sie von ihrem zweiten Frühling. Faust hat gesessen, nur weil ein anderer gestanden hat. Für ein Geständnis hat er kein Verständnis und wirft dabei böse Blicke um sich. Der Inder heißt übrigens Nahamsin, was übersetzt ‹der die Sonne trägt› bedeuten soll. Viele Jahre hat er für die Rosenmafia gearbeitet, und als er endlich genug Geld gespart hatte, konnte er sich von derselben freikaufen. Er träumt von einer Karriere in Bollywood und macht dabei komische Gesten, die ich als Umarmung mit Zungenkuss deute. Der Rest ist eher schweigsam, für coole Erlebnisse in den Schulpausen ist hier auch kein Platz. Und dass wir hier alle für gerade mal einen Euro die Stunde arbeiten, sei doch Menschenhandel wie im alten Ägypten, brüllt der Ältere mit Hut.

Erst jetzt wird mir meine Lage bewusst. Für das, was ich hätte einem Punker geben müssen, wenn er mich gefragt hätte, müsste ich jetzt eine ganze Stunde arbeiten. Ratlos kratze ich weiter herumliegende Herbstblätter zusammen. Kein Gedanke außer «Scheiße» kreist in meinem Kopf. Ich fange an die gefegten Blätter zu zählen, es werden aber stetig mehr, wir haben ja Herbst. Sprachlos verbringe ich auf diese Weise den Rest meiner ersten Acht-Euro-Schicht und überlege, nur so für mich, wahlloses Zeug. Wenn ein Punker innerhalb einer Stunde nur auf zwei Leute träfe, die sich seiner Frage annehmen würden, hätte er schon doppelt so viel verdient wie ich gerade. Und das fürs Nichtstun. Da kann doch was nicht stimmen.

Während meiner Gedankenakrobatik beobachte ich immer

wieder meine neuen Arbeitskollegen, die scheinbar mit ihrem Schicksal im Einklang sind. Besonders das Dauergrinsen des Inders irritiert mich sehr. Bildlich sehe ich ihn vor mir, wie er an den Kneipentischen vorbeizieht und den Pärchen mit seiner Dauerfragerei den Abend versaut. «Du wollen kaufen Herbstblatt?», irgend so etwas muss ihm wohl durch den Kopf gehen. Oder er träumt wieder von seiner Kariere als Super-Schmatzi-Schmalztolle in Bollywood.

Faust verteilt währenddessen gerade 'ne Kelle, warum, fragt keiner. Alles kommt mir so unwirklich vor wie in diesem alten Film, in dem ein Wissenschaftler Tausende von Jahren in die Zukunft reist, kaum drei Meter läuft und bemerkt, dass alle dort bekloppt sind. Fausts Halsschlagader ist mittlerweile so stark angeschwollen, dass sein Tattoo verrutscht ist. Aus einer kleinen Taube ist förmlich ein Adler geworden. Ich habe mich vorhin schon gefragt, wie man sich als Knacki eine Friedenstaube an den Hals tätowieren lassen kann. Das ist doch genauso paradox wie ein Tiger in Pumps. Mit einem gekonnten Griff schüttelt er jetzt den Irokesen und tritt zugleich einem der Abschlusslosen im Dauerfeuer in den Arsch. Dabei schäumt er aus dem Mund und nuschelt etwas von «Respekt haben». Er habe schließlich gesessen und kenne das Leben.

Wie gerne würde ich jetzt auch das Leben kennen, doch außer dem Südpark, Nordpark und jetzt Stadtpark kenne ich eigentlich so gut wie nix. Wann war ich das letzte Mal im Urlaub? Zur Mutter-Kind-Kur, aber daran kann ich mich nun wirklich gar nicht erinnern.

Karl, der eigentlich Gerd heißt

Abends sitze ich mit Weimar bei einer Dose Ravioli. Ich erzähle von meinem ersten Arbeitstag, er von seiner ersten Flucht. Irgendwann kommt er auf einen alten Fluchtkameraden zu sprechen, der seine Wohnung aufgeben will. Nach China will dieser, möchte die Mauer zurück, wo, sei ihm letztendlich egal. Nur zwei Straßen weiter wohne der Gute, und wenn ich wolle, könne ich mir die Wohnung gleich morgen angucken.

Mein zweiter Arbeitstag verläuft wie der erste. Wir kratzen das weg, was der Herbst liegen lässt. Abends laufe ich mit Weimar die zwei Straßen lang zu seinem alten Fluchtkameraden, den ich übrigens nicht auf seine Flucht ansprechen dürfe. Ein bisschen paranoid sei er und glaube immer noch, dass ihm jemand auf seiner Flucht gefolgt und noch auf den Fersen sei. Vor einem großen weißen Haus mit vielen Mietparteien machen wir halt. Weimar klingelt. Zweimal kurz, zweimal lang, dann warten wir. Nach zehn Minuten dasselbe noch mal. Endlich wird die Tür geöffnet. Blitzschnell schiebt sich ein langhaariger Kopf durch den Türspalt, blickt nach links und rechts und zieht uns hastig herein. Mit dem Zeigefinger an seinem Mund signalisiert er uns, leise zu sein. Das tun wir auch und folgen seinem geschmeidigen Gang durchs Treppenhaus. Elf Stockwerke zähle ich, und der Fahrstuhl werde abgehört, sagt uns Karl, der eigentlich aber Gerd heißt. Er bietet uns Spreewaldgurken an. Wir knabbern drauf herum, während wir uns in aller Ruhe umsehen. Die Einbauküche, die aus einem ausrangierten Kühlschrank und einem Hängeschrank besteht, könne ich für fünfzig übernehmen. Das sei günstig.

Wie uns übrigens die Gurken schmecken würden, fragt er eher strategisch. Immer wieder wirft er nervöse Blicke aus den Fenstern, egal, in welchem Raum wir uns gerade befinden. Für einen kurzen Moment bin ich drauf und dran, ihm zu sagen, dass Honecker mich schicke, lasse es aber, weil die Wohnung mich schon interessiert. Achtundvierzig Quadratmeter. Dreißig davon mit schrägen Wänden, was allerdings den Mietpreis senkt. Zweihundertachtzig kalt, und bis nächste Woche könne ich es mir ja noch überlegen, sagt er und guckt dabei aus dem Fenster, als würde gleich jemand einsteigen.

«Na ja ...», sage ich, schlucke den Rest Spreewaldgurke runter und genehmige mir ebenfalls einen Blick aus dem Fenster. Sofort kommt meine Höhenangst wieder durch. Mein Herz rast, meine Hände fangen an zu schwitzen, die Knie zittern und ich kotze die komplette Gurke wieder aus. «Ganz schön hoch», höre ich mich noch sagen, dann wird es um mich dunkel.

Im Fahrstuhl werde ich wieder wach. Achter Stock, eine ältere Dame steigt zu uns und wirft uns misstrauische Blicke zu. An ihrer Seite ein Zwergpudel mit demselben Gesichtsausdruck. Wieder muss ich mich erbrechen und erwische diesmal den Hund. Die Alte keift direkt drauf los, der Köter kläfft wie wild, und wir beschließen, die Treppe zu benutzen.

An der Haustür schließe ich einen provisorischen Mietvertrag durch einen schlichten Handschlag mit Gerd ab, für ihn bin ich aber der Klaus. Dann wirft er noch schnell ein paar Blicke in alle Himmelsrichtungen und verschwindet hinter der zufallenden Tür.

Fast feste Arbeit

So langsam scheint sich mein Leben wieder aufzurichten. Ich habe eine fast feste Arbeit, beziehe demnächst eine neue Wohnung und werde ab dem nächsten Ersten über ein bisschen Grundkapital verfügen. Das Wegwerfen von leer getrunkenen Bierdosen habe ich gegen das Zusammenharken von Herbstblättern eingetauscht. Mein Bekanntenkreis hat sich durch meine neuen Arbeitskollegen um einiges erweitert. Ein Hauch von Glückseligkeit kommt auf, und fröhlich pfeife ich eine Melodie. Weimar schaut mich etwas verstört an, sagt aber nichts, was ich auch genieße.

Es ist Freitag und meine erste Arbeitswoche ist gleich rum. Bernd, zwei andere und ich werden abkommandiert. Der Südpark müsse gemacht werden, so heißt es schlicht. Welche Arbeit dahinter steckt, sieht kein Mensch. Bernd darf den Firmenwagen fahren, überfährt dabei zwei rote Ampeln, ein Stoppschild und eine schwarze Katze, die von links kam.

Im Südpark treffe ich auf Biermann und Speedy. Ob ich jetzt was Besseres sei, scherzen sie und schmeißen, um mich zu ärgern, ihre leeren Dosen in die Büsche. Wortlos fische ich sie heraus und verabschiede mich mürrisch. Die Rasenfläche ist hier weitaus größer als im Stadtpark, und die Herbstblätter kleben förmlich an dem kalten Boden. Mit viel Mühe füllen wir die blauen Säcke mit dem nasstriefenden Gezeitenmüll, während meine alten Kumpels ihre Dosen leeren. Über Gerechtigkeit will ich gerade nicht nachdenken, und rückblickend gesehen bin ich einen Schritt vorwärts gekommen, wenn es auch so aussieht, als würde ich rückwärts laufen.

Im Laufe des Tages füllt sich der Platz um die alte Eiche mit lauter feucht-fröhlichen Freaks, genauso, wie unsere blauen Säcke sich füllen. Immer wieder wird per Fingerzeig darauf hingewiesen, dass ich hier arbeite, und jedes Mal bricht lautes Gelächter aus. Und auf die Frage meiner Arbeitskollegen, ob ich ‹die da drüben› etwa kennen würde, antworte ich mit einem schlichten Nein. Die Wahrheit soll als Geheimnis des Tages in meinem Kopf bleiben.

Wir werden innerhalb eines Tages den Südpark besenrein saubergemacht haben, dann kommen als Nächtes der Heidenpark, der Park am Teich und der Erlenpark samt Allee dran.

Noch stehe ich hier im Südpark und kratze dieselben Blätter zusammen, die letzte Woche schon von den Bäumen geflogen sind. Zumindest kommt es mir so vor. Mein Leben wird sich nun in einer Zweiwochenperiode wiederholen. Hm, ob es das ist, was ich auf Dauer will?

Während der Inder tagträumend Zweierbeziehungen parodiert, verteilt Faust reichlich Kellen. Fast jeder Zweite aus unserer Kolonne hat mittlerweile ein Veilchen. Ich habe noch keins, wahrscheinlich gab es noch keine geeignete Gelegenheit für Faust, mir auch eins zu verpassen. Bis jetzt haben wir auch nur drei Worte miteinander gewechselt. Er hat mich morgens gefragt: «Wie spät?» Und ich sagte nur: «Achte.» Das war's. Hätte ich ihm gesagt, was ich von ihm halte, würde er wahrscheinlich schon wieder sitzen und ich stattdessen liegen. Drum schweige ich, der Gesundheit wegen. Schon roboterhaft kratze ich mit meiner Harke, was das Zeug hält. Ich schaffe gute fünf Säcke, manches Mal auch sechs. Wenn ich um diese typischen Parkbänke herum arbeite, dauert es meist länger. Hier müsse besonders gut geharkt werden, betont unser Vorarbeiter immer. Aus versicherungstechnischen Gründen, falls mal einer ausrutscht. Als ob die Stadt dann für denjenigen aufkommen würde! Dann würde sich ja jeder etwas gescheitere Parkpenner absichtlich fallen lassen und gut über den Winter kommen. Alles Quatsch, aber ich reche trotzdem weiter.

Mann mit Hut

Und während ich so kratze, würde ich gerne meinen Tagträumen nachhängen, aber ich habe im Moment keine. Ein älterer Herr reißt mich also aus meiner Realität. Ich bin sofort da, weil ich ja keinen Tagtraum habe, aus dem er mich hätte reißen können.

«Junger Mann, ich beobachte Sie schon eine ganze Weile», erschallt eine sehr bassige Stimme. Der ältere Herr steckt in einem sehr gepflegten Anzug und passt so gar nicht in das typische Parkbild, das ich vor Augen habe. Ein gekämmter Schnäuzer und ein grauer altmodischer Hut verleihen ihm das Aussehen eines Gentlemans aus den 30er Jahren. Irgendwie wirkt er auf mich schwarz-weiß. Wie einer aus den alten Filmen jener Zeit. Zigarrenqualm hüllt ihn ein bisschen ein, deshalb kann ich nicht genau seine Gesichtszüge erkennen. Aber ich schätze mal, die sind auch aus den 30ern. Also müsste der Typ in etwa hundert Jahre alt sein. Vorausgesetzt, er wäre zu dieser Zeit um die fünfundzwanzig Jahre alt gewesen. Lässig zieht er mehrmals hintereinander an seiner Zigarre, damit sie nicht ausgeht. Den angesammelten Qualm pustet er in meine Richtung sowie eine Frage, die ich merkwürdig finde.

«Was glaubst du, warum ich noch lebe?»

Stille. Beide schauen wir uns an. Nichts rührt sich, und für einen Moment könnte man sogar meinen, die Herbstblätter hätten ihren Flug unterbrochen. Warum sollte ich an sein Überleben glauben? Ich kenne diesen Menschen doch gar nicht.

Die Stille wird immer unheimlicher, denn nun ist selbst in meinen Kopf Stille. Langsam drehe ich mich um und höre dabei meinen Halswirbel knacken, so leise ist es. Niemand außer uns beiden ist mehr da. Meine Arbeitskollegen, alle weg. Die Hundebesitzer, die die hiesige Rasenfläche zum Häufchen-Machen für ihre Hunde nutzen, die Jogger und Fahrradfahrer, die Fußball spielenden Kinder. Weg. Nicht einmal das Eichhörnchenpaar, das hier immer ungezwungen von einem Baum zum anderen hüpft, ist noch zu sehen. So eine gespenstische Atmosphäre habe ich das letzte Mal erlebt, als mir der Bus vor der Nase wegfuhr. Nachts, nach zwölf, im Südviertel. Ein Stadtteil, in dem man um so eine Zeit nicht mehr sein sollte.

«Ich werde dir sagen, warum ich noch nicht tot bin», sagt der Mann nach einer Weile. «Aber nicht heute. Heute sollst du nur wissen, dass ich da bin und noch nicht tot bin.» Dann steht er von der Bank auf, lässt seine Zigarre fallen und drückt sie mit seinem blank geputzten schwarzen Lederschuh in den gefrorenen Ascheboden. Er hebt leicht seinen Hut an, nickt höflich und verschwindet Richtung Parkausgang. Mit offenem Mund verfolge ich seine lässigen Schritte, die er ohne Krückstock meistert, was für diese Gegend eher untypisch ist.

Abends sitze ich mit Weimar am Tisch und erzähle ihm von meiner merkwürdigen Begegnung. «Solche Typen rannten in der ehemaligen DDR zu Hunderten rum. Die wollten alle so aussehen wie Honecker, hör mir bloß damit auf», wettert Weimar völlig aufgelöst. «Einmal hat mich so einer auf einem Fluchtversuch begleitet. Der blieb mit seinem verdammten Bogart-Hut am Stacheldraht hängen und wollte ohne das Ding aber auf keinen Fall das Land verlassen. Lass dich bloß nicht mit solchen Typen ein, die sind weltfremd und politisch unkorrekt.»

Weimar scheint die ganze Sache ganz schön an die Nieren zu gehen, ich kann seine Reaktion gar nicht nachvollziehen. Hätte ich lieber nichts gesagt.

«Ach übrigens, du kannst die Wohnung haben. Wenn du willst, kannst du morgen schon einziehen. Karl, der ja eigentlich Gerd heißt, hat die Wohnung leer geräumt. Er wohnt jetzt vorübergehend bei seiner Schwester Hanne, die aber eigentlich Gisela heißt. Hanne wohnt noch im Haus der Mutter, die aber eigentlich eher die Tante ist, aber das zu erklären wäre jetzt zu kompliziert.»

Das sehe ich auch gleich ein. Endlich, endlich eine neu Wohnung. Ich kann sofort einziehen, muss jetzt nur noch wissen, womit. Denn alles, was ich besaß, haben die von der Diakonie abgeholt. Habe meine alte Bude einfach dem Schicksal überlassen, just seit dem Tage, als ich den Wohnungsschlüssel auf dem Küchentisch liegen ließ. Ziemlich schnell war mir klar, ein Neuanfang wird am besten funktionieren, wenn man wieder ganz bei null beginnt. Ich trage nach wie vor die geliehenen Sachen von Wolfgang. Mein neues Leben XXL. Langsam fangen sie auch an zu müffeln.

Bei der Diakonie gebe es tolle Sachen, meint Weimar und nimmt einen großen Schluck aus der Pulle. Angefangen bei Tassen bis hin zu Tellern, Staubsaugern und Einbauschränken, da bekäme ich alles für wenig Geld. «Wenn du willst, fahren wir morgen hin. Die liefern auch frei Haus.»

Mein nächster Arbeitstag verläuft relativ ruhig. Insgeheim hoffe ich zwar, den alten Mann wieder zu treffen, aber wahrscheinlich hat Weimar Recht und es handelt sich um einen Spinner.

Ich erkläre meinem Vorarbeiter, dass mir ein Zahn herausgebrochen ist und ich deshalb gerne etwas eher gehen möchte. Er nickt und meint: «Und grüß mir die Zahnfee», als wüsste er nicht, was los ist.

Alles läuft so reibungslos, wie ich es schon seit langem nicht mehr kenne. Weimar wartet wie abgemacht an der Bushaltestelle Burgstraße und schweigend fahren wir zum Einkaufsparadies für Mittellose und sozial Schwache. Dort komme ich aus dem Staunen nicht mehr heraus.

«Die haben hier wirklich alles», unterbricht Weimar mein Staunen. Schnell werfe ich einen Blick auf meinen Einkaufszettel. Tassen, Teller, Teppich, Bett, Radio, Toaster, Kleiderbügel, Klamotten, Sofa, Fernseher, Gardinen, Besen, Staubsauger, Handtücher und 'ne Bratpfanne müssten fürs Erste reichen. Doch nachdem ich einen Blick in mein Portmonee geworfen habe, fange ich an, wieder einiges von meiner Liste zu streichen. Als ich später, mit einer Pfanne unter den Arm geklemmt, den Laden verlasse, schaut mich Weimar mitleidig an. Normalerweise seien die Sachen hier immer sehr günstig, entschuldigt er sich.

Neue Wohnung, neues Glück

Um acht Uhr ist Schlüsselübergabe. Gerd steht ganz nervös am Hauseingang und schaut sich wieder nach allen Seiten um.

«Lass uns schnell machen. Ich möchte nicht unbedingt gesehen werden. Hier, der ist für den Keller, zwei für oben und eineinhalb für unten, einer ist mir nämlich abgebrochen. Den Anhänger kannst du behalten.» Dazu reicht er mir noch eine Einverständniserklärung des Vermieters.

Ein dreckiger, angekauter Snoopy grinst mich an. Voller Stolz gleite ich die elf Stockwerke hinauf, meinem trauten Heim entgegen. Tausend Wohnideen schwirren durch meinen Kopf. Wände in Terrakotta und warmes Licht. Arabische Teppiche und afrikanische Holzschnitzereien schmücken die Wände. Ein drei Meter langes Bücherregal und ein Apothekerschrank stehen im Wohnzimmer. Das Schlafzimmer hat sein Bett in der Mitte des Raumes, ein Wasserbett natürlich. Die Wände dort sind in Bordeaux, darauf Kunstdrucke von namenhaften Künstlern. Ein Flachbildschirm und am Bett stehen schöne Holztischchen, auf denen ich den Wein und die Tupperschalen abstellen kann. Links meine Plattensammlung, und am Fenster steht immer eine Sonnenblume. Rechts 'ne Fettecke, ganz im Sinne von Joseph Beuys, nur halt mit Halbfettmargarine. Spart Geld und ist etwas Eigenes.

Oben angekommen, lege ich die Pfanne zur Seite, weil sich die Tür schlecht öffnen lässt. Die Räume sind leer, nur in der Küche stehen die Sachen wie abgesprochen. Wenn ich sie erst am Ersten zahle, sei es auch in Ordnung, steht auf einem kleinen Zettel, der am Kühlschrank klebt. In aller Ruhe schaue ich mich um, äffe dabei Gerd nach und blicke übertrieben aus jedem Fenster, mehrmals. Irgendwie hat es ja was. Die Räume wirken leer viel größer. Krampfhaft überlege ich, wie ich an ein paar Möbel komme, doch außer Sperrmüll fällt mir nichts ein.

«Wohnungsauflösung! Guck doch mal unter den Todesanzeigen!», ruft Weimar, den ich völlig vergessen habe, aus dem anderen Zimmer. «Nach meiner ersten Flucht in den Westen habe ich es auch so gemacht», hängt er noch hinten dran. Nach seiner ersten Flucht? Wieso muss man denn mehrmals aus einem Land fliehen? Also, so langsam bezweifele ich, ob Weimar jemals drüben gelebt hat.

«Jau, super Idee!», rufe ich nur zurück, um nicht wieder eine neue Fluchtgeschichte hören zu müssen.

Der Tod bringt Eiche rustikal

Für meine Mittagspause habe ich mir eine Tageszeitung gekauft, die erste, die ich seit Wochen lese. Vogelgrippe breitet sich aus. Rügen evakuiert. Die Schlagzeile erschreckt mich etwas. Bin Laden wird noch immer gesucht. Wer war das noch mal? Regional passiert auch nichts Weltbewegendes, also schlage ich die Seite mit den Todesanzeigen auf. Mittwochs sterben gar nicht so viele, wie ich mir erhofft habe. Und im Übrigen sind die alle schon so alt gewesen, wer weiß, was die für Möbel hatten. Eiche rustikal ist ja überhaupt nicht mein Geschmack. Da ist einer, 53 Jahre alt war er. Die Hobbykicker danken in einer großen Anzeige für seine Dienste rechtsaußen. Aber keine Telefonnummer dabei.

«Na, wolltest du nachsehen, ob ich schon tot bin?», höre ich wieder diese bassige Stimme von neulich. Erschrocken drehe ich mich um und bekomme gleich eine Ladung Zigarrenqualm ins Gesicht.

«Ich wollte nur ...», versuche ich mich zu verteidigen.

«Ja, komm schon, ist schon gut», unterbricht mich der Alte und setzt sich neben mich. «Und? Hast du drüber nachgedacht?»

Drüber nachgedacht? Drüber nachgedacht? Was war da doch noch mal?

«Warum glaubst du, lebe ich noch?», unterbricht er meine Überlegung.

«Ich finde die Frage völlig absurd. Außerdem kenne ich Sie ja gar nicht, weshalb sollte ich über Ihren Tod nachdenken? Ich denke noch nicht mal über meinen eigenen nach», erwidere ich.

«Solltest du aber beizeiten mal tun», erklingt es nun ermahnend.

«Der Tod ist so suspekt für mich, da will ich gar nicht drüber nachdenken.»

«Der Tod ist zu suspekt, um darüber nachzudenken? Wie ihr mit eurem Leben umgeht, das ist suspekt, davor solltet ihr Angst haben, und du besonders.» Er fuchtelt dabei mit seinem Finger vor meinem Gesicht herum, als wolle er mich verzaubern. Ich weiß nicht, wie er das macht, zu sprechen, ohne dass auch nur ein Wölkchen Qualm seinen Mundraum verlässt. «Ist dir eigentlich klar, dass dein Leben hier auf Erden begrenzt ist?»

«Ja, sicher», entgegne ich trocken. «Jeder muss mal gehen», scherze ich noch weiter.

Er starrt mich mit einer unheimlichen Intensität an und wiederholt seinen Satz, als hätte er mich nicht gehört. «Ist dir eigentlich klar, dass dein Leben hier auf Erden begrenzt ist?» Seinem Blick kann ich jetzt nicht mehr ausweichen und ich schaue wie erstarrt ins Leere.

Immer wieder wiederholt er diesen Satz. Hypnotisierend dringen die Worte in mein Bewusstsein, und dann, zum ersten Mal, scheint diese Frage doch etwas in mir zu bewegen. Die Welt um mich herum löst sich auf, meine Gedanken, meine Erinnerungen, meine Körperwahrnehmung – alles weg. Seine Augen fangen an zu glänzen, es kommt mir vor, als würden sie einen Strahl aussenden, der mich erfasst: Ich werde sterben. Werde nicht ewig hier sein. Ich bin nur ein Besucher auf dieser Erde, in dieser Zeit, in diesem Raum.

Ich sehe mich von irgendwo ganz oben. Blicke auf den blauen Planeten, sehe, wie Gegenwart und Zukunft miteinander verschmelzen. Ich sehe mich Laubblätter aus dem Gebüsch harken. Ich sehe Herrscher, Fürsten, Könige, Menschenmengen. Sehe wie Menschen gezeugt und geboren werden, und wie sie wieder sterben, in einer Hundertstelsekunde. Es dringt in mein Hirn, alles durcheinander, alles auf einmal.

Der alte Mann wendet seinen Blick von mir ab und ich bin wieder in meiner Realität. Kurz schaue ich auf den Boden, versuche mich zu sammeln, versuche das gerade Erlebte zu verarbeiten. Im Moment erscheint mir das ganze Leben als eine sinnlose Aneinanderreihung von Geschehnissen, die zu keinem Ziel führen. Was nützt es, Großes zu leisten, wenn alles vergänglich ist? Was nützt die Geburt, wenn der Tod schon an der nächsten Ecke auf dich wartet? Städte, die über Jahrhunderte hinweg erbaut wurden, zerfallen zu Staub.

Der Mann blickt mich an, ohne Worte steht er auf. Ich schaue ihm stumm nach. Nur noch der Park und ich, für einen Euro die Stunde. Wie gelähmt, voller Ehrfurcht, klebe ich auf der Parkbank, schaue dem Unbekannten hinterher, wie er die Baumallee entlangschreitet gleich einem Engel auf Wolken. Und noch ehe ich etwas sagen kann, ist er weg. Einfach weg. Als wäre er nie da gewesen. Pseudo-Bullshit, anders kann ich mir dieses Erlebnis nicht erklären. Hastig stehe ich auf, gehe ein paar Schritte. Erst nach links, dann nach rechts. Völlig von Sinnen laufe ich einfach die Allee entlang, um etwas einzuholen, was es vielleicht gar nicht gibt. So laufe ich, mit Scheuklappen und trotz offener Augen blind, habe nur das zuvor Erlebte im Kopf. Und es kommt mir vor wie Stunden. Atemlos.

Irgendwann stehe ich an der Bushaltestelle außerhalb des Parks. Ein Bus hält, zwei Euro, und ich teile die Sitzbank mit einem anderen Menschen. Eine Last fällt von mir, ich bin nicht alleine. Oder doch? Es wurde nicht «Guten Tag» gesagt. Leere Blicke schauen mich an. Dann sage ich plötzlich «Danke», und mein Sitznachbar schaut mich verdutzt an.

Die Busfahrt kommt mir vor wie eine Zeitreise. Alles rauscht in einer rasenden Geschwindigkeit an mir vorbei. Die Straßen sind voller Leben. Hin und her laufen sie, meine Artgenossen, und mir kommt es vor, als wisse keiner genau, wohin er eigentlich will. So laufen sie und laufen, laufen und laufen. Und wenn sie wüssten, was ich schon weiß, dass sie irgendwann mal einfach tot umfallen werden, würden sie dann noch laufen? Und wohin überhaupt? Weil, alles dreht sich ja im Kreis. Solche und andere Gedanken beschäftigen mich, hier in meiner menschlichen Hülle, auf dem Weg nach irgendwo.

Endstation. Der Busfahrer winkt noch freundlich, als würden wir uns ewig kennen. Es müssen Stunden vergangen sein, jedenfalls ist es schon dunkel. Wo bin ich hier eigentlich? Andere Busfahrer winken sich auch zu. Sieht irgendwie nach Feierabend aus. Orientierungslos drehe ich mich um die eigene Achse. Bitte nicht der Südbahnhof! Leider doch. Ich weiß nicht, was ich im Leben falsch gemacht habe, aber die Typen, die urplötzlich um mich herum stehen, scheint es wenig zu interessieren.

«Hast du mal Feuer?»

Nervös krame ich in meinen Taschen. Kram, kram, kram. «Feuer? Ja sicher habe ich Feuer.» Kram, kram, kram. Irgendwann habe ich doch kein Feuer, aber meine Uhr täte es im Notfall ja auch. Jetzt weiß ich zwar nicht mehr, wie spät es, aber dafür haben die Wichser kein Feuer. Südbahnhof. Ich glaube, seit ich denken kann, bin ich schon immer zwei Haltestellen vorher ausgestiegen. Südbahnhof, also wenn unbedingt Südbahnhof, dann aber nur, so lange es noch hell ist. Ich brauche nicht mehr auf eine Uhr zu gucken, die ich nicht mehr habe. Jedenfalls bin ich am falschen Ort zur falschen Zeit. Aber was ist schon Zeit? So ganz ohne Uhr, im Grunde genommen gar nicht denkbar. Und welcher Idiot hat überhaupt die Uhr erfunden, wenn sie einem sowieso am Südbahnhof geklaut wird? Eine Uhr ist doch nur was für Leute, die nie am Südbahnhof aussteigen müssen, geschweige denn, einsteigen würden. Nur etwas für Superreiche, die von vornherein am Hauptbahnhof ein- oder aussteigen. Aber Arschlecken.

Gedanken, Sperrmüll und Paranoia

Ein bisschen zittrig öffne ich meine neue Wohnungstür. Also hier in Deutschland ist man ja auch nicht mehr sicher. Fast noch am hellichten Tag wird man überfallen, wo soll das noch hinführen? Irgendwann kosten die Brötchen einen Monatslohn, weil sie dich schon morgens beim Bäcker abfangen, mit dem Klischeesatz: «Kohle raus! Und wehe, du schreist.» Dass die Kriminalitätsrate in unserer Heimat in den letzten Jahren drastisch gestiegen ist, ist mir bereits zu Ohren gekommen. Aber hier im Ruhrgebiet? Berlin, Hamburg, Köln, ja. Aber hier in Recklinghausen jetzt auch schon? Okay, es war eine billige Uhr aus dem Supermarkt, aber immerhin fünf Stunden harte Arbeit.

Viele ehemalige Bergarbeiter sind auf die schiefe Bahn geraten. Das Zechensterben machte kurzzeitig Banküberfälle salonfähig. Doch die meisten wurden erwischt. Wer ein ausrangiertes Luftgewehr hält wie einen Abbauhammer, hat es auch nicht anders verdient.

Nervös blicke ich aus dem Fenster. Elfter Stock, dieser Gerd hat mich schon ganz bekloppt gemacht. Beim Rausgucken schaue ich genauso ins Leere, wie wenn ich durch meine Wohnung schaue. Dringend bedürfte ich einiger Möbel. Ein Bett wäre prima oder zumindest eine Matratze, eine Decke würde es aber vorerst auch tun. Wieder erwische ich mich dabei, wie ich nervös aus dem Fenster blicke. Kann Paranoia ansteckend sein? Das wäre für meine Verhältnisse jetzt schlecht. Ängstlich unter ein Bett zu gucken, das ich gar nicht besitze, und dann im Sekundentakt wieder und wieder aus dem Fenster zu glotzen, als würde davor irgendwann ein fliegender Stasispitzel auftauchen.

Um mich abzulenken beschließe ich, um die Häuser zu ziehen und nach Sperrmüll Ausschau zu halten. Manchmal findet man da brauchbare Sachen.

Nachdem ich die Karlstraße, die Haraldstraße und die ganze Dreiecksiedlung abgegrast habe, stehe ich endlich vor einem riesigen Haufen alter Kostbarkeiten. Leider kann ich kaum etwas erkennen, weil halb Anatolien anscheinend auch neue Möbel braucht. Der Streit um ein paar alte Gartenstühle artet schon fast zu einer Schlägerei aus. Eine Stehlampe aus den frühen Siebzigern scheint hier niemanden zu interessieren. Also stelle ich mich erst unauffällig daneben und ergreife sie dann blitzartig. Auf einmal scheinen die anderen sich auch spontan für diese Lampe zu interessieren. Im nächsten Augenlick stehe ich nicht mehr, sondern liege, weil einer meint, mich schubsen zu dürfen. Nach kurzem Hin und Her gehe ich mit einem alten Apothekerschränkchen unterm Arm heimwärts. Die defekte quietschende Tür des Schränkchens hallt durch die leeren Gassen. Irgendwie arm, aber romantisch. Zu Hause angekommen, nagele ich das Schränkchen direkt an die Wand, gleich neben den Lichtschalter im Flur. Vielleicht für Schlüssel oder so, mal sehen.

Am nächsten Tag auf der Arbeit frage ich in die Runde, ob jemand was besitze, was er nicht mehr braucht. Alle scheinen aber selbst etwas zu brauchen. Nur der Inder hat für mich eine Blumenvase. Er bringe sie gleich morgen mit zur Arbeit, verspricht er. Der Tag verläuft ansonsten friedlich. Immer wieder erwische ich mich dabei, wie ich gezielt Ausschau nach dem 30er-Jahre-Mann halte. Ich habe da noch einige offene Fragen und glaube langsam, dass uns irgendetwas verbindet. Er lässt sich aber nicht blicken.

Kurz vor Feierabend fängt sich der Irokese noch schnell eine Schelle von Faust. Angeblich habe er ihm eine Kippe geklaut, was ich mir aber nicht wirklich vorstellen kann.

Auf dem Heimweg schaue ich wieder gezielt nach brauchbaren Möbelstücken. Nix. Tagelang nix, und die quietschgelbe Vase vom Inder schmeißt mich nicht wirklich nach vorne. Abgerissenes Farnkraut, das ich von der Arbeit mitgebracht habe, schmücken diese vorübergehend. Mal abgesehen von der spärlichen Einbauküche, bin ich jetzt stolzer Besitzer einer quietschgelben Blumenvase und eines quietschenden Apothekerschränkchens. Eigentlich könnte ich mal die Kumpels aufsuchen, vielleicht haben die ja was übrig, und ein Bier würde ich auch mal wieder gern trinken. Seit Wochen bin ich nicht mehr am Treffpunkt gewesen.

Echte Arbeiter

Als ich am nächsten Tag nach Feierabend dort ankomme, scheint es, als wäre die Zeit stehen geblieben. Willi Krause, Speedy, Robert Blocker und natürlich Dr. Senfmann stehen um die alte Eiche herum. Schon von weitem höre ich das Gegröle. «Da kommt das arbeitende Volk!», brüllt Blocker. «Das Wirtschaftswunder, die Ein-Euro-Maschine! Hier liegen noch ein paar Blätter!» Alles lacht.

«Ey Jungs, kommt schon», versuche ich sie zu beruhigen, «ich konnte mich nicht wehren, musste den Job annehmen, sonst hätten die mir die Kohle gestrichen.» Verlegen blicke ich auf den Boden, mit einem Fuß schiebe ich Herbstblätter zusammen. «Sagt mal, hat einer von euch nicht ein paar alte Möbelstücke, Bett, Schrank, Couch oder so was? Hab jetzt wieder eine Wohnung.»

«Du verdienst doch jetzt richtig Kohle», meint Speedy bissig, «wieso kaufst du dir nicht eine möblierte Villa?» Wieder lautes Gegröle.

«... und den Dienstwagen nicht vergessen!», Blocker kniet mittlerweile, kann sich vor Lachen kaum halten. «Aber mit Chauffeur!», hängt Krause noch dran.

Jetzt eskaliert die Situation, ein Spruch folgt dem nächsten. Ich hätte besser nicht gefragt. Genervt trinke ich eine Bierdose nach der anderen leer. Die können nicht mal eine Minute ernst sein, sind wie Kleinkinder. Ich sollte mir langsam neue Freunde suchen, diese hier sind vor Jahren stehen geblieben. Hätte ich nicht gerade diesen Ein-Euro-Job, würde es mir genauso ergehen. Weiterentwickeln möchte ich mich, etwas Neues dazulernen. Mehr können, als nur Bierdosen zu leeren. Früher habe ich mal Schlagzeug gespielt. Mit Lehrer, zweimal die Woche, streng den Vier-Viertel-Takt. Vielleicht sollte ich da wieder anknüpfen. Und während ich die um mich Herumstehenden wie durch einen Schleier beobachte, sehe ich mich in einem schmucken Proberaum wild auf meinem Schlagzeug trommeln. Gleich morgen inseriere ich: *Schlagzeuger ohne Schlagzeug sucht Band.* Musikrichtung erst mal egal. Jau, das ist es. Ich habe jetzt eine Wohnung, einen Job und demnächst wieder ein Hobby. Vielleicht ist auch bald mal ein Auto drin. Den Führerschein habe ich ja noch.

Und während ich so von meiner Privatkarriere träume, philosophieren die anderen mittlerweile über diese Vogelgrippe, die sich rasend schnell weltweit ausbreite und wohl im Nu die ganze Menschheit dahinraffen werde. Dr. Senfmann ist wieder voll in seinem Element. Von der schwarzen Pest spricht er und zeigt drohend mit dem Zeigefinger. Millionen Menschen hätte sie das Leben gekostet. Nicht zu vergessen die Spanische Grippe. 70 Millionen, er betont ‹Menschen›, und sie wären nicht alle nur in Spanien gestorben. Es sei diesmal ein sehr aggressiver Virus, behauptet Blocker, als hätte er Ahnung oder ihn gar selbst. Dieser Virus mutiere und würde ratzfatz gegen sämtliche Heilmittel immun. Ein denkender Virus, sehr gefährlich.

«Nostradamus hatte doch Recht», lässt uns Krause nun wissen. Wobei wir wieder beim Thema wären, dass arbeiten zu gehen sich eh nicht mehr lohne. Die Endzeitphase sei in vollem Gange, da komme keiner drum rum. Ob Arm oder Reich, im Fegefeuer kommen alle ins Schwitzen.

Boah, wie gehen mir diese pessimistischen Themen auf den Keks! Seit wir hier im Park abhängen, geht die Welt schon unter. Und das sind schon einige Jährchen. Erst war es dieser neue russische Staatsmann Gorbatschow, dann Bush Senior mit seinem Golfkrieg II, später Bush Junior mit Golfkrieg III. 2001 erfolgte der Anschlag auf das World Trade Center, was den Dritten Weltkrieg auslösen sollte, und seit neuem seien es die Iraner, die bauten ja jetzt sowieso Atombomben, statt nuklearen Strom zu produzieren.

«Also, was nützt es noch, einen festen Arbeitsplatz zu suchen?», meint Speedy in so einem komisch gleichgültigen Ton.

Als das Wort Illuminati fällt, reicht es. Blocker ist überzeugt davon, dass wir alle gelenkt werden. Eine Handvoll Eingeweihter halte die Fäden der kompletten Weltwirtschaft in den Händen. Diese entschieden über Krieg, Hungersnöte und Arbeitspolitik. Die Ein-Euro-Jobs seien nur der Anfang. Wir sollten mal abwarten, was uns in naher Zukunft noch alles blühe. In Amerika werde es bald die Ein-Dollar-Jobs geben und in Russland das Ein-Rubel-Double, was so viel heiße, dass dort zwei Leute zusammen für einen Rubel arbeiten, pro Stunde wohl gemerkt. Und die Vogelgrippe, ja, die werde von gezüchteten Wellensittichen gezielt über den ganzen Erdball verteilt. Um die drastische Überbevölkerung unter Kontrolle zu kriegen.

Blocker war schon immer ein Spinner. Ich beschließe, noch schnell auszutrinken und dann zu gehen. Ehe ich die Dose leeren kann, gesellt sich noch ein neues Gesicht zu uns. Wenig später erfahre ich, dass der Typ Robby heißt, in einer Müllverbrennungsanlage arbeitet und ein alter Kumpel von Willi ist. Der erste echte Arbeiter, der mit uns Nichtarbeitern zusammensteht. Obwohl, auch ich bin ja wieder fast ein Arbeiter, fast.

Das Erste, was Robby von sich gibt, schockt mich ein wenig: «Scheiß Arbeit, Schnauze voll.» Danach leert er in kürzester Zeit drei Dosen Bier.

Heutzutage solle man froh sein, wenn man Arbeit hat, ist Speedys Reaktion darauf.

«Ich verbrenne seit fast dreißig Jahren euren scheiß Hausmüll, erzähl mir nix von ‹froh sein›.» Der Neue scheint wirklich genervt zu sein. «Weißt du eigentlich, wie viel Gift ich in den letzten Jahrzehnten eingeatmet habe? Und da war dein Scheiß mit Sicherheit auch dabei.»

In der Runde wird es ruhiger. So einen Typ kannten wir hier gar nicht, das muss man erst mal verdauen.

«Woher kennt ihr euch?», fragt Speedy und deutet auf Willi.

«Motorrad fahren», gibt der Neue brummig von sich.

«Motorrad oder Mofa?», Speedy kann die Fragerei nicht lassen, «... weil der Willi doch noch nie ein Motorrad besessen hat, nur so eine Puch X30.»

Meine Bierdose ist jetzt leer, ich verabschiede mich schlicht mit einem: «Tschüs, bis dann.»

Dreißig Jahre Müll verbrennen? Auf dem Heimweg mache ich mir Gedanken über diesen Robby. Vielleicht werde ich die nächsten dreißig Jahre Laubblätter zusammenfegen? Nicht auszumalen. Irgendetwas muss langsam passieren. Der Ein-Euro-Job ist ja fürs Erste ganz okay, aber als Dauerlösung ziehe ich etwas anderes vor. Meinen Traum, Reiseberichterstatter zu werden, hatte ich schon ganz verdrängt. Ein paar Fotos schießen, ein paar Sätze dazu schreiben und ab in die Sonne. Ich sollte mir ernsthaft einen Plan aufstellen. Vielleicht sollte ich einen VHS-Kurs besuchen: Fotografie für Anfänger, später für Fortgeschrittene ... oder sofort für Fortgeschrittene, um Zeit zu sparen. Oder einen Fotoapparat besorgen und im Garten oder im Park üben.

Daheim haue ich mir zwei Eier in die Pfanne, dazu ein Glas Waldmeister zum Anrühren. Beim Rühren muss ich mich zwingen, nicht aus dem Fenster zu schauen, möchte nicht wie Gerd enden. Also starre ich die Wände an, die einen Anstrich nötig hätten. Man kann genau sehen, wo der alte Westüberläufer seine Bilder platziert hatte. Zwei, um genau zu sein. Ich denke mal, eines von Honey und eines von sich selbst. Viel geraucht hat er, das ist nicht zu übersehen.

Der Abend verläuft ruhig.

Straßenkunst

Nachts träume ich. Die Welt fällt einem nuklearen Unfall zum Opfer, außer meinem Arbeitsberater und mir sind alle tot.

«Was wollen Sie denn jetzt machen? Es sind einige Stellen frei geworden. Taxifahrer? Nee, keiner da zum Befördern», guckt in die Gegend und kichert.

Schweißgebadet wache ich auf. Taxifahrer? Ich, mit meinen Ortskenntnissen? Und noch dazu nach einem Atomschlag, wo die Straßen doch sowieso nicht mehr an ihrem alten Platz sind. Da wird doch ratzfatz eine Hauptstraße zur Nebenstraße und andere fallen gleich ganz weg. Oder man fährt in eine Stadt rein und auf einmal fehlt da die Hälfte. Mann, Traum, hör mir auf.

Irgendwann höre ich es klingeln. Sonnenstrahlen schimmern in meine leere Wohnung. Staubkörnchen glänzen darin. Wie Miniufos schweben sie durch den Raum. Gespannt verfolge ich ihren Flug. Das Klingeln wird energischer. Ring, ring, ring. Wer weiß eigentlich, dass ich hier wohne? Oh, Gerd, der kriegt ja noch Kohle von mir! Oder habe ich es Klaus schon gegeben? Hastig laufe ich zur Wohnungstür und kann mich nicht entscheiden, durch welchen Türspion ich gucken soll. Gerd hat gleich ein Dutzend dieser Dinger in die Tür montiert. Sogar fünf Zentimeter oberhalb des Fußbodens. Es könnte ja mal ein durchtrainierter Köter vor der Tür stehen. So ein stasibeauftragter Rauhaardackel mit doppeltem Bizeps und einem Stiernacken, der von einem Türrahmen zum anderen reicht.

Mein Auge kreist nervös über das Türblatt und bleibt links oben haften. Ach nee, nicht die jetzt. Ich mache nicht auf und warte, bis sie an der Nachbartür schellen. Ein kleiner, dicklicher Typ mit schütterem Haar öffnet die Tür. Grins, grins, grins, bla, bla, bla. «Gott?» – «Ja ... ich weiß nicht recht ...» Schwupp und schon sind zwei Omas in seiner Wohnstube verschwunden. Vor Jahren habe ich mal so einen *Wachturm* gelesen. Irgendwann kommt eine riesengroße Apokalypse, so mit allem Pipapo und nur die Zeugen Jehovas überleben das Desaster. Aber exakt auf den Kopf genau Hundertvierzigtausend. Der Rest von ihnen kommt vor Karstadt um. Standhaft natürlich. Ich habe überhaupt nix gegen eine gewisse Weltuntergangsstimmung, ich bin auch des öfteren mal schlecht drauf. Aber muss ich deswegen mein Leben bei Wind und Wetter an Karstadts Ecken fristen?

Gerne würde ich eine Antisekte gründen. Heftchen wie *Schlaf weiter* oder *Schlafcouch* wären bestimmt ein großer Renner. Meine Jünger, ganz bequem liegend vor Karstadt. Und da wird nicht gegrinst, da wird geschnarcht, aber so heftig, dass die Engel zu Dutzenden aus allen Wolken fallen.

Mir kommt eine Blitzidee. Wieso sich nicht vor Karstadt stellen und mit ein bisschen Kleinkunst das große Geld machen? Ich könnte *House Of The Rising Sun* singen. Oder *Smoke On The Water* auf Gitarre könnte ich auch noch gebacken kriegen. Ich hänge noch das Trimm-dich-Lied dran und habe schon fast ein Zwei-Stunden-Programm. Oder ich kaufe mir ein paar Handpuppen. Die Augsburger Puppenkiste, nur ohne Kiste. Oder ich male Karikaturen, da braucht man nur zu improvisieren. Auge, Auge, Nase, Mund, und das im rechten Licht, fertig ist das Mondgesicht. Oder ich male mir das Gesicht mit Schuhkreme braun und mache auf Taliban, aber ich glaube, dafür gibt es kein Geld. Oder ich mache auf Panflöter aus den Ardennen,

Zupfgitarrenspieler aus Weißrussland, studiert natürlich, oder mache den ungeölten Roboter. Oder einfach nur ein Schild: *Ich habe Hunger.* Da ist die Konkurrenz jedoch mittlerweile zu groß. Ich müsste etwas ganz Neues erfinden. Etwas, wofür die Passanten sofort stehen bleiben und ihr Portmonee zücken. Vielleicht sollte ich einfach eine Pistole in der Hand halten, mit einem Schild um den Hals: *Bin taubstumm und brauche das Geld.* Und statt *Dankeschön* würde da *Entschuldigung* drunter stehen, falls die Bullen mal kommen. Wäre ja schon so etwas wie ein Teilgeständnis.

Ich entschließe mich nach langem Hin und Her, meine Idee mit dem Schlagzeug wieder aufzugreifen. Gleich von meinem ersten Lohn werde ich den Stein ins Rollen bringen.

Am Monatsanfang erhalte ich dann endlich meine erste, heißersehnte Lohntüte.

Ich begutachte sie von allen Seiten. Nee, ein Loch ist nicht drin. Ich verdiene wirklich, ich will nicht sagen, wenig, eher knapp, sehr knapp. Rechne ich jetzt noch meine ganzen Abzüge weg, könnte ich mir gerade mal ein paar gebrauchte Majo-Ketchup-Eimer von der Pommesbude holen. Mit dem Schlagzeug wird es nichts werden. Den ganzen Monat habe ich sämtliche Parks tonnenweise von Herbstblättern befreit, und das soll jetzt mein Lohn sein? Ich teile meinen deprimierten Blick mit dem meiner Arbeitskollegen. Und während die, die noch bei Mama wohnen, schon heftig planen, wo sie ihr Geld verfeiern, schüttelt Faust, wie von einem Affen gebissen, unseren Vorarbeiter. Beide Hände umschlingen dessen Hals und er sieht schon langsam aus wie ein Schlumpf.

«Der wird schon ganz blau!», schreit einer aus der Menge.

«Was meinst du, warum ich das hier mache?», schreit Faust zurück. Irgendwann lässt er aber dann doch von unserem Vorarbeiter ab. Dieser sackt gleich in sich zusammen und ringt verzweifelt nach Luft. Faust hatte die ganze Zeit geglaubt, er bekäme einen Euro pro gefüllten Sack. Jetzt erklärt sich auch sein irrsinniger Arbeitseifer, den er den ganzen Monat über, Tag für Tag, Stunde für Stunde, mit knapp gehaltenen Pausen, durchgezogen hat. Also, er hat bestimmt vier bis fünf Sack pro Stunde gefüllt. Und wenn er mal keine Blätter mehr auf dem Boden finden konnte, hat er sie von den Bäumen gerissen.

Auf dem Heimweg gönne ich mir einen Gang durch die Altstadt, nur mal so gucken, was ich hätte kaufen können. Die Menschen sind alle sehr hektisch, laufen, laufen, laufen aneinander vorbei. Manche wagen einen Blick in die Auslagen der kleinen Geschäfte, gehen dann aber weiter, ohne zu kaufen. In den Ein-Euro-Läden ist Sonderschlussverkauf, alles muss raus, und das für die Hälfte. Reingehen kann ja nicht schaden, und so scanne ich in Windeseile die Regale nach etwas Brauchbarem. Mit einem Schraubenzieherset, zehnteilig, verlasse ich den Laden. Mit den Worten: «Zu schrauben gibt es immer was», verabschiede ich mich von der Verkäuferin.

Vor Karstadt steht eine Menschentraube und vor der Menschentraube bewegt sich ein in die Jahre gekommener Breakdancer. Er wird begafft wie ein ausgestorbenes Tier.

Als er sich bei einer Drehung auf dem Kopf den Hals verrenkt und röchelnd liegen bleibt, applaudieren die Herumstehenden und ziehen ihre Geldbörsen. In kürzester Zeit hat der Roboter mindestens zehn Euro in seiner Blechschale. Leicht verdientes Geld. Der Tänzer bedankt sich, renkt sich den Kopf gerade und geht sogleich dazu über, an einer imaginären Wand entlangzulaufen. Nachdem er minutenlang die Wand abgetastet hat, verharrt er plötzlich in einer Position. Jetzt mimt er einen Beamten. Ich klatsche und bitte um mehr, doch was soll noch kommen? Dann geht er von der starren Haltung in eine abgehackte Bewegung über. Entweder Roboter oder Opel-Fließbandarbeiter, sieht aber sehr gut aus. Jetzt müsste es nur noch regnen, dann würde er vom Fleck weg rosten, so echt sieht das aus. Neben dem Roboter steht ein Zeuge Jehovas, dem kaum Beachtung geschenkt wird. Nachdem ich ihm kurz Beachtung schenke, hält er mir auch gleich wieder eine seiner ‹Halli-Hallo-Erwachet-Zeitungen› unter die Nase. *Das Leiden hat bald ein Ende* als Überschrift. ‹Bald› sei aber relativ, versuche ich ihn zu belehren. Und füge noch hinzu: «Außerdem hat mich, beziehungsweise wollte mich einer deiner Kollegen schon aufklären.»

Während der Zeuge mich mit seiner monotonen Sprachakrobatik über den Ernst der momentanen Weltlage aufzuklären versucht, wechselt der Roboter wieder von Fließbandbewegung auf Bodenakrobatik. Die Menschentraube um das Stück Pappe, die dem Tänzer als Turnmatte dient, wächst sogleich. Ein Rosenverkäufer drängt sich durch die Massen und gibt den einzigen Satz von sich, den man je von einem Rosenverkäufer gehört hat. Nicht schon wieder! Ein Betrunkener mit Frischverliebter kauft den ganzen Strauß, und Roboter sowie Zeuge Jehovas gucken doof aus der Wäsche. Ich staune auch nicht schlecht und beschließe, nach Hause zu gehen und das Ganze zu verdauen.

Da muss doch was zu machen sein, kreist es in meinem Kopf. Irgendeine Form von Straßenkunst könnte ich doch auch zu Geld machen. Malen kann ich nicht, auf der Gitarre was spielen außer *Smoke on the Water* auch nicht. Aber als Roboter? Kann ja nicht so schwer sein. An einem Schaufenster bleibe ich stehen und versuche ein paar Bewegungen, dabei mache ich Geräusche, die das Öffnen einer Holzkiste imitieren. Eine Frau bleibt stehen und hält mir einen Euro hin. Dankend nehme ich die Münze an mich. Das ging aber schnell, innerhalb von zwanzig Sekunden den ersten Euro. Das wären ja pro Minute satte drei Euro. Da komme ich auf einen Stundenlohn von 180 Euro. Wären Summa Summarum an einem Achtstundentag 1.440 Euro. Boah, dafür muss ich als Ein-Euro-Jobber 1.440 Stunden arbeiten!

Ich stecke die Münze in die Tasche. Mein Entschluss steht fest, ich werde Roboter. Hastig eile ich nach Hause, brauche die richtigen Klamotten. Ich habe noch den Arafatschal von Wolfgang, aber der sieht nicht nach Roboter aus. Am besten, ich schneide mir in einen Umzugskarton zwei Löcher für die Arme, unten lasse ich offen und als Kopfbedeckung vielleicht doch erst mal den Arafatschal. Dann bin ich halt ein palästinensischer Roboter, und statt an der DDR-Mauer taste ich mich eben am Gazastreifen entlang, scheißegal, Hauptsache, ich komme auf meine 1.440 Euro pro Tag. Frohgelaunt und siegessicher schwebe ich weiter nach Hause.

Dort angekommen wickele ich mir den Arafatschal um den Kopf, stülpe mir einen Karton über und marschiere wie ein alter Sowjet durch meine fast leere Wohnung. Drei Schritte, dann öhch, öhch, Arme hoch, Arme runter. Drehung links, Drehung rechts, öhch, öhch, und wieder Gleichschritt.

In den Fensterscheiben spiegelt sich die Wahrheit. Mein Auftreten wirkt nicht mal annährend so, als könnte ich Menschenmassen damit begeistern. Ich sehe eher aus wie die Augsburger Puppenkiste beim Umzug. Doch wie Pignon, der Maler, der sich seinerzeit durch Besuche von Ausstellungen und Abendkursen sein Handwerk selbst beibrachte, werde auch ich diesen Schritt gehen, ja gehen müssen. Was bleibt mir übrig? Englisch sechs! Deutsch fünf und zum Ausgleich Religion drei. Also erhöhe ich mein Tempo als Roboter. Rob, Rob, Rob, was das Zeug hält. So robotere ich aus der Wohnung direkt zu meinem neuen Arbeitsplatz. Karstadt, Haupteingang.

Vor dem Schaufenster tut sich aber bereits etwas. Austauschschüler aus Weißrussland geben hier eine Live-Performance. Ein alter Mann mit Dreizack-Kontrabass und unzählige Geigenspieler um die fünfzig geben hier anscheinend ein Abschlusskonzert anlässlich ihres dreißigsten Semesters.

Etwas abseits vom Getümmel finde ich noch einen kleinen Fleck unberührtes Deutschland. Ich schiebe den Pappkarton auf meinem Kopf zurecht und beginne meine Show. Muskelanspannung und verkrampfte Bewegungen, im Hinterkopf 1.440 Euro netto pro Tag.

Nach fünf Minuten habe ich Genickstarre und einen Lacher auf meiner Seite. Ein junger Spund amüsiert sich köstlich über meinen Auftritt, drückt mir aber dann zwanzig Cent in die Hand und meint: «Weiter so.» Na ja, bei diesem Angebot- und Nachfrage-Desaster mache ich mir ernste Gedanken über mein Handeln. Wer braucht schon Roboter, die unermüdlich die Arme auf und ab bewegen? Frühe Einsicht ist Weitsicht. Und so beschließe ich, meine Breakdance-Karriere doch wieder aufzugeben.

Über Bücher und Würmer

Voller Selbstzweifel schlendere ich die Einkaufspassage entlang und überlege, wie ich aus meiner Not eine Tugend machen könnte. Mein Hirn voller Grübeln mache ich vor einem Buchladen Halt. Ein Werbeplakat sticht mir förmlich ins Auge. Auf dem Plakat prangt ein Kopf in Nahaufnahme: ein Mann, hinsichtlich seines Alters ganz schwer einzuschätzen, mit Kastenbrille aus den Siebzigern. Und drunter steht: *Dieses Buch kann man auch ungelesen kaufen.*

Fasziniert von dem Slogan lese ich auch das Kleingedruckte: *Einzige Lesung im Ruhrgebiet, Mittwoch, 23. August, 19.00 Uhr, Buchhandlung Füllfeder, Breite Str. 4, Eintritt frei.* Warum sollte ich da nicht mal hingehen? Geld habe ich sowieso keines.

Also begebe ich mich an besagtem Tag zum Ort des Geschehens. Eine kleine Menschenschlange steht vor verschlossener Tür. 18.45 Uhr. Wortlos stelle ich mich hinten an. Es wird sich angeschaut und gemustert, irgendwie passe ich nicht so recht ins Bild. Ob es an dem Arafatschal von Wolfgang liegt?

Um meine Unsicherheit zu überspielen, setze ich einen ‹Ich-habe-was-bewegt-Blick› auf, den ich mir früher auf Demos abgeguckt habe. Weil aber alle diesen Blick benutzen, gucke ich einfach wieder normal. Kaum gucke ich normal, quatscht mich auch schon mein Vordermann an. «Gorleben, '84 – da wurde noch was bewegt. Ihr Schal ist eine echte Rarität. Meine Mutter hat meinen damals bei 90 Grad gewaschen, dann passte er nur noch ums Handgelenk. Ja, und dann habe ich irgendwann geheiratet. Der Klenzmann soll ja übrigens seinerzeit von einem Wasserwerfer so stark getroffen worden sein, dass er fast ertrunken wäre.»

Aha, Klenzmann heißt also der Schriftsteller, der gleich seine Lesung hält.

«Ach was?», gebe ich zurück und nicke interessiert.

«Ja, der Klenzmann, der war einer der Ersten der 68er-Bewegung. Man munkelt auch was von Rote-Armee-Fraktion, aber ich bin mir sicher, der Mann ist Zeit seines Lebens ein friedlicher Mensch gewesen.»

Klenzmann? Den Namen habe ich nie gehört. Aus dem Augenwinkel betrachte ich das Plakat, das in mehrfacher Ausfertigung am Schaufenster klebt. Eine Nahaufnahme von einem Mann mit Kastenbrille, es könnte jeder sein. Auf keinem der Plakate finde ich eine brauchbare Info über das Thema des Buches. Nichts. Nur den Satz: *Dieses Buch kann man auch ungelesen kaufen.* Welch eine Meisterleistung der Werbeabteilung! Auf solch einen Satz muss man erst mal kommen. Das ist genauso, als würde man im Kino als Vorspann für einen neuen Film nur die schwarze Leinwand zu sehen bekommen. Fünf Minuten Schwarzbild und dann der Text: *Diesen Film können Sie auch blind gucken.* Oder die neue CD eines taubstummen Soundso-Sängers: *Auch für Taubstumme ein Hörgenuss.* Dies könnte ich jetzt endlos weiterspinnen, aber nein, diese Werbestrategie sprengt jeden Rahmen. Völlig fasziniert davon, was wohl auf mich zukommen wird, nehme ich die Worte meines Vordermannes nur noch unterschwellig wahr. Er sei mittlerweile wieder geschieden, dringt noch zu meinen Ohren, dann geht die Tür auf und das Gedränge geht los. Mein Vordermann ist auf einmal ratzfatz ganz vorne, und das Pärchen, das gerade noch hinter mir stand, versperrt mir nun die Sicht zum Eingang.

Durchgeschwitzt aufgrund des Gedränges sitze ich endlich vorletzte Reihe links. Der Blick zum Lesepult wird mir von einer Doppeldauerwelle zunichte gemacht. Die Ansprache des Buchhändlers samt Ankündigung des Autors bekomme ich deshalb nur ohne Sichtkontakt mit. Klaus Klenzmann wird aus seinem mittlerweile dritten Roman lesen, Titel: *Die Vergangenheit habe ich vergessen und über die Zukunft habe ich mir noch keine Gedanken gemacht.* Mit anderen Worten: Willkommen in der Gegenwart von Herrn Klenzmann! Der Buchhändler preist den Schriftsteller als Meisterschüler des 1968 verstorbenen italienischen Schriftstellers Giovanni Guareschi, *Don Camillo und Peppone,* an. Genau die gleiche Mischung aus drastischem Humor und heiterer Ironie spiegele sich in Klenzmanns neuem Werk wider. Das Ganze im Protest-Lyrik-Stil eines Allen Ginsberg, seines Zeichens Initiator und Repräsentant der Hippie-Bewegung, wohlgemerkt. Nun in Fahrt gekommen lässt es sich der Buchhändler nicht nehmen, besagte Literaten und ihre Werke etwas genauer zu beleuchten.

Ich bin zwar nicht besonders belesen, aber einen Don Camillo, langhaarig und vielleicht noch bekifft, Protestgedichte vorlesend, stelle ich mir ein wenig seltsam vor. Innerlich mache ich mir ein Bild von Don Hippie, wie er einen Vierzeiler zum Besten gibt.

Vielleicht so: «Ich trage keine Schuhe, drum gebt euch keine Mühe, die Hufe der Gesellschaft nagelt ihr mir nicht an die Fersen, euer Bündel Wohlstand tausche ich nicht gegen mein Päckchen Freiheit, ich bin lieber eine Randgruppe, Zaungast eures Wahnsinns. Don Allen Klenzman.»

Der Buchhändler verfängt sich in seinem Fachwissen und langweilt die Zuhörer schlussendlich mit den Fakten über die Verkaufszahlen der Bücher seines Schützlings, Herrn Klenzmann. Eine Auflage von 60.000 alleine für seinen Debütroman *Rein genetisch gesehen, läuft der Mensch an der Evolution vorbei*, eine sarkastische Auseinandersetzung mit der Gesellschaft des neuen Jahrtausends. Kurz blättert der Händler in seinen Notizen und wirft Stichpunkte in den Raum, in der Hoffnung, den Zuhörern einen Eindruck von dem Buch zu vermitteln: «Der Mensch, Ende der Evolution» oder «Der Wattwurm, der Evolution zwei Schritte voraus» oder «Der Mensch, nur ein Unfall der Natur?» Oder Thesen wie diese: «Von acht Milliarden Menschen auf diesem Planeten sind mindestens vier Milliarden Fußballfans. Das heißt, der Hälfte der Menschheit reicht es völlig aus, hinter einem popeligen Ball herzujagen, statt den Kern ihres Daseins zu erfassen. Man muss sich nur mal die Begeisterungsstürme bei der letzten Weltmeisterschaft vor Augen führen», betont er und blickt, Schuldige suchend, in die Runde. Die Zuhörer schauen zu Boden, als wären sie dabei erwischt worden, an der Evolution vorbei zu leben. Endlich legt er seine Notizen zur Seite, und die Gäste atmen erleichtert auf. Doch anstatt endlich den Meister persönlich anzukündigen, hält er ein Buch in die Höhe. Schwenkt damit von links nach rechts und wieder zurück, und das Ganze wieder und wieder. Nickt dabei, als wollte er sagen: «Aber dies Buch hier ist der Hit aller Bücher.»

Alle sitzen wir da, erwartungsvoll und zugleich genervt ob des monotonen Sprachstils dieses untalentierten Verkaufsgenies. Wie heißt das verdammte Buch denn nun, und worum geht es darin? Langsam werde wirklich ungeduldig.

«Allein im letzten Jahr wurden davon 125.000 Exemplare verkauft. Jeweils ein Drittel in englischer, französischer und spanischer Übersetzung.» Wieder schwenkt er das Buch, hält es hypnoseartig vor die Gesichter der Leute, die in der ersten Reihe sitzen. Mit gekonnter Genickakrobatik versuche ich, an dem Doppeldauerwellenmenschen vorbeizuschauen, um wenigstens einen Blick auf das Buchcover erhaschen zu können. Doch dieser Mensch vor mir scheint einen Genfehler in Bezug auf Haarwuchs zu haben. Ich stehe auf und blicke immer noch auf seine splissige Haarpracht. Wie der Schütze durch Kimme und Korn, schaue ich durch diese Frisur auf das Buch. Und noch bevor ich etwas erkennen kann, erschallen endlich die erlösenden Worte des Buchhändlers: «Geknobelter Grieß.»

Dieser Titel haut mich um.

«Über Entdeckungen, für die die Wissenschaft noch keine Erklärung gefunden hat, zusammengetragen von keinem Geringeren als Herrn Klaus Klenzmann!», erklärt er uns.

Die Menge tobt, klatscht, pfeift, jubelt. Langsam bekomme ich das Gefühl, inmitten einer eingefleischten Fangemeinde zu sitzen.

Geknobelter Grieß? Geknobelter Grieß? Ich kann mir darauf keinen Reim machen, will der Bedeutung des Gesagten aber unbedingt auf die Spur kommen. Also betone leise für mich die zwei Wörter auf verschiedene Weise. Erst betone ich das Wort ‹geknobelt› und hänge ein weiches ‹Grieß› dran. Nix, null Bedeutung. Dann umgekehrt. Ein weiches ‹Geknobelter› wird durch ein hart ausgesprochenes ‹Grieß› zu einer möglichen Bedeutung zusammengefügt. Wieder nix. Dieser Klenzmann kann sie nicht alle am Zaun haben. Geknobelter Grieß? Was soll das sein? Doch noch ehe ich weiter drüber nachdenken kann, ertönt die monotone Stimme des Buchhändlers: «Geknobelter Grieß, was ich noch mal kurz erwähnen muss, ein literarisches Meisterwerk, das auch in unseren Nachbarländern gehörigen Zuspruch fand. Dieses Buch wurde von keinem Geringeren als Dr. Dr. Lanzgrebe, Spezialist für angewandte Neuropsychologie im Bereich ‹Sozialbindung außerhalb der Gesellschaft› und ‹Wortfindung für psychische Desorientierung› zum Meilenstein moderner Aufklärungsliteratur erklärt.»

Gut, dass sich sogar Doktoren mit diesem Thema auseinander setzen, ich war schon nahe dran zu glauben, irgendeiner Sekte auf den Leim gegangen zu sein. Obwohl, viele Sekten wurden ja von Akademikern gegründet. Denn erst Wissen schafft Macht. Daher auch das Wort ‹Wissen-schafft›. Egal, ich halte mich für sattelfest und lausche weiter den Worten des Buchhändlers.

«Geknobelter Grieß, meine Damen und Herren, ist ein Pseudonym für das Unerklärliche. Es ist, wie soll ich es ausdrücken, ein Versuch, die wissenschaftlichen Entdeckungen der letzten Jahre, für die es sonst noch keine genaue Definition gibt, zu erklären. Kurzes Beispiel, um das ganze plausibel zu machen: die SMS. Ja, wer konnte denn erahnen, wie rasend schnell sich diese Technologie weiterentwickeln würde? Zu Beginn der mobilen Kommunikation gab es nur ein Netz, mit gerade mal 100 Nutzern. Diese Leute mussten, um überhaupt telefonieren zu können, erstens einen fast fünf Kilo schweren Akku mit sich herumtragen. Und um störungsfrei kommunizieren zu können, war es zweitens erforderlich, einen Berg zu besteigen. Mal ganz abgesehen von der endlosen Warterei, bis mal jemand anrief!

Denn wer besaß sonst noch Mobilfunk? Für die Gründer dieser Kommunikationstechnik zur damaligen Zeit eigentlich eine tragische Geschichte. Und was ist letztendlich daraus geworden? Wie hat sich diese Technik in nur kürzester Zeit weiterentwickelt? Drei Buchstaben: SMS, short message service. Milliarden Nachrichten schwirren gegenwärtig rund um den Globus und warten darauf, empfangen zu werden.»

Während ich verdutzt nach einem Zusammenhang mit dem Buch suche, spricht der Buchhändler weiter. «Damit will ich sagen, dass es für alles eines Namens bedarf oder einer Beschreibung, um es uns Menschen verständlich zu vermitteln. Und dieses Buch hier ...», wieder beginnt er damit rumzufuchteln, als wäre er auf einer Versteigerung, «ist das Schlüsselwerk für Dinge, für die es bis dato noch keine erklärenden Worte gibt. Aber nun lassen wir den Autor selbst zu Wort kommen.» Mit aufgesetzter Vorsicht legt er das Buch auf das Rednerpult und setzt sich etwas abseits auf einen Stuhl.

Erst absolute Ruhe, endlose Minuten. Dann Getuschel. Manche stehen auf, gehen womöglich aufs Klo, vielleicht flüchten sie auch. Plötzlich glaube ich ich leises Geigenspiel zu vernehmen. Zunächst ruhig und harmonisch, dann immer lauter werdend und in einer von mir noch nie zuvor gehörten Hektik gespielt. Um eine Beschreibung zu finden, würde ich sagen: Zigeunertechno unplugged. Endlich kommt so etwas wie eine Auflösung. Eine Art Rumpelstilzchen tänzelt in den Raum, eine grell leuchtende moderne Geige fest im Anschlag und von Kopf bis Fuß verkabelt. Sein Geigenbogen fliegt über die Saiten und man könnte glauben, seine andere Hand greift drei Akkorde zugleich. Von diesen Sinneseindrücken bereits völlig überfordert erkenne ich, wie sich kurz darauf eine Bauchtänzerin durch die sitzenden Literaturfreunde hindurchschlängelt.

Die exotisch wirkende Tänzerin entpuppt sich beim zweiten Hinschauen als Mann um die fünfzig. Nachdem er sich als Francois vorgestellt hat, beginnt er platte Witze zum Besten zu geben, wie «Kommt ein Mann zum Arzt» und so weiter. Das alles mit französischem Akzent. Buchfüllende Grausamkeit.

Nach gut zehn Minuten schwirren Geiger und Bauchtänzer endlich in den Nebenraum und der lang ersehnte Meister des erklärten Unerklärlichen betritt den Raum.

Sein Kopf gleicht dem auf dem Plakat. Intellektuelles Outfit: Cordhose, weißes Hemd, darüber eine schwarze Weste. Das Haar streng nach hinten gekämmt.

Der Allwissende wirft einen Blick in die Menge und trifft den meinen. Im ersten Moment bin ich von dieser Person tatsächlich beeindruckt, dessen Alter schwer zu schätzen ist. Baujahr '50 oder gar '45 dürfte er wohl sein. Er begrüßt uns mit einem freundlichen «Guten Abend» und erkundigt sich, ob uns die kleine Showeinlage gefallen habe. Womit er auch schon beim Thema sei. Er wendet sich an eine junge Frau, die zwei Stühle links von mir sitzt.

«Können Sie mir das eben Gesehene mit knappen Worten beschreiben?»

Die Frau hält kurz inne und antwortet: «Orientalischer Bauchtanz mit moderner Geigenmusik.»

Ein kurzes «Nein» kommt als Antwort, wie aus der Pistole geschossen.

Das Publikum schweigt. Ich beuge mich etwas zu der jungen Frau hinüber, um ihre Reaktion beobachten zu können. Doch abgesehen von einem knappen Stirnrunzeln reagiert sie nicht.

«Geknobelter Grieß ...», ruft der Künstler laut, um uns aus dem Dunkel ins Licht zu führen, «ist ein Buch. Ein Meilenstein der modernen Aufklärungsliteratur. Es widmet sich der Thematik psychischer Desorientierung in der heutigen Gesellschaft. Geknobelter Grieß bedeutet nichts anderes als Gedankenbrei als Folge nicht zusammenhängender Sinneseindrücke. Um es noch verständlicher zu machen: Auge und Ohr spielen unserem Hirn einen Streich.»

Schlagartig Getuschel und schnippende Finger, wie zu den besten Schultagen. Herr Klenzmann deutet auf einen älteren Herrn mit weißer Haarpracht.

«Ich möchte ja nicht unhöflich erscheinen, aber diese Showeinlage kann ich nicht in Zusammenhang bringen mit Ihrem Buch und geknobeltem Grieß.»

Der Autor trommelt mit den Fingern auf den Lippen, als suche er nach einer Antwort. Dann richtet er das Wort wieder an den weißhaarigen Mann, der auf mich einen sehr gebildeten Eindruck macht. «Ich hoffe, Sie haben das Buch Kapitel für Kapitel gelesen.»

Der Mann nickt, ein eindeutiges Ja.

«Nun», fährt Klenzmann fort, «in Kapitel 5 über die Teilung der gespaltenen Persönlichkeit berichte ich von einem Mann, der an einer akuten Schizophrenie leidet. Ich hoffe, Sie können mir folgen?»

Wieder nickt der weißhaarige Mann.

«Gut, dieser Mann wurde, wie Sie dem Text entnehmen konnten, durch eine sehr komplexe Psychotherapie nochmals in sich selbst gespalten, psychisch wohlgemerkt. Und als uns dies gelungen war, beziehungsweise mir, weil Dr. Hartbrock nach wenigen Sitzungen selber psychischer Betreuung bedurfte, saß ich nicht nur einer Person mit einer gespalten Persönlichkeit gegenüber, sondern jeweils zwei Personen mit wiederum gespaltenen Persönlichkeiten. Da wurde in nur kürzester Zeit aus einer Einzeltherapie eine Gruppentherapie. Zum finanziellen Nachteil des Patienten, aber das nur am Rande. Nach einem halben Jahr, Sie können sich erinnern, saß ich in einem Raum mit sage und schreibe 16 Personen. Und wenn Sie die Tagesprotokolle der einzelnen Sitzungen noch mal in Gedanken schnell durchgehen, was fällt Ihnen da auf?»

Fragend schaue ich um mich, andere tun das Gleiche. Auch sie haben vermutlich das Buch nicht gelesen. Der Weißhaarige tauscht mit Händen und Füßen seinen Wissenstand mit dem seines Stuhlnachbarn aus.

«Was fällt Ihnen da auf?» Der Autor wird jetzt aggressiver im Tonfall.

Plötzliche Stille, alle Augenpaare sind auf den Weißhaarigen gerichtet, der sprachlos mit den Achseln zuckt.

«Ich werde es Ihnen und den Anwesenden erklären, was Sie natürlich in meinem ersten Buch genauer nachlesen können.» Er hält dabei ein rosafarbenes Buch hoch, welches in schwarzen Lettern *Rein genetisch gesehen, läuft der Mensch an der Evolution vorbei* betitelt ist. «Also noch mal: Nach halbjähriger intensiver Therapie sechzehnfach in sich selbst gespalten. Aus einer gespaltenen Persönlichkeit wurde eine 16 Mann umfassende Therapiegruppe geschaffen. Aber das war nichts im Vergleich zu dem, was mir danach gelang. Nämlich die psychokomplexe Spaltung von Persönlichkeiten innerhalb der Persönlichkeiten.

Der eigentliche Clou und wofür ich bis heute noch keine richtigen Worte gefunden habe, war die stufenweise Auflösung der Gruppe bis zu einem Minimum von nur noch einer Person. Also die absolute Einzeltherapie. Das gelang mir nicht auf Anhieb, denn der Patient X war mittlerweile so sehr an seine anderen Persönlichkeiten gewöhnt, dass er alleine gar nicht mehr aus dem Haus gehen wollte. Irgendwo musste ich aber ansetzen, um schnell zu einem Ergebnis zu kommen. Zuerst gab ich jedem der 16 Einzelpersönlichkeiten eigene Behandlungstage. So konnte ich schon mal die stark vorherrschende Gruppendynamik aufbrechen. Dann beschleunigte ich den Vorgang nochmals um einiges, als ich die Siebentagetherapie etablierte und so innerhalb von nur fünfzehn Tagen vierzehn Einzeltherapien und eine Doppeltherapie über einen Zeitraum von vier Monaten konstant beibehielt. Bei der Doppeltherapie, ich behandelte darin den schnell beleidigten Hennes und den selbstverliebten Torben, kamen zwischenzeitlich extreme Konflikte auf, denen ich den Namen ‹Selimose› gab. Torben war so sehr in sich selbst verliebt und in alles, was er sagte, dass er Hennes nie zu Wort kommen ließ. Worauf dieser dann zu regelrechten Beleidigungsanfällen tendierte. Und ich sage Ihnen, wenn Sie vor einer selbstverliebten beleidigten Leberwurst sitzen, die dazu noch sich selbst ins Wort fällt, und Sie dann nach allem Hin und Her eine Therapieform entwickeln, die nach nur so kurzer Zeit fruchtet, dass Sie noch nicht mal die Zeit hatten, dieser Form von Therapie einen Namen zu geben, dann gehen Sie sehr schnell dazu über, einfach Namen zu erfinden. Und wenn Sie noch nicht den Faden verloren haben, komme ich jetzt auf den Punkt. Mein neues Buch *Die Vergangenheit habe ich vergessen und über die Zukunft habe ich mir noch keine Gedanken gemacht* beschreibt im Grunde nichts anderes als die normale Therapieform von Patienten mit Persönlichkeitsspaltungen. Dieses Thema in seiner Urfassung wird hier genau beschrieben, und im Vorwort wird nochmals auf die Urgedanken von *Geknobelter Grieß* eingegangen. Die These aus Buch 1, nämlich dass uns der Wattwurm innerhalb der Evolution zwei Schritte voraus ist, wird nochmals aus einer anderen Perspektive beleuchtet.»

Ungläubige Blicke füllen den Raum. Mittendrin ein irrsinniger Psychopath, der seine eigene Psychose geschickt in Form von angeblichen Fachbüchern zu Geld macht. Perplex und zugleich bewundernd beobachte ich, wie die Fangemeinde des Autors ihre frisch gekauften Bücher mit originaler Unterschrift verzieren lässt. Freudestrahlend genießt sie einen Händedruck des Meisters und verlässt anschließend die Buchhandlung. Wie in Trance drücke auch ich seine Hand und nehme sein gewinnbringendes Lächeln entgegen. Aber nicht nur das, nein, auch eine Erfahrung, die mein Leben wieder einmal in ganz neue Bahnen lenken wird.

Er schreibt ein Buch, jener schreibt ein Buch, denke ich auf meinem Heimweg. Tausende schrieben und schreiben Bücher. Eine Kopfnuss Gottes, ganz ohne Schmerz, nur Klarsicht. Warum nicht auch ich? Pro und Kontra verschmelzen zielgenau in eine Richtung: Ich werde ein Buch schreiben! Abenteuer haben wir alle schon hinter uns. Knast, Drogen, Ehe und Waldorfschule. Tausende von Geschichten, Tag für Tag, gelebt von Millionen Erdbewohnern. Bestimmt ist jede Geschichte ein Buch wert. Ja, ab sofort bin ich ein Schriftsteller. Entlarve ich doch die

Schriftstellerei, die Lyrik und die Prosa der spezifischen Gattung Mensch, und das zwischen Dönerbuden und Zechenhäusern und kurzen Blicken zum Himmel, wo der Mond mir in voller Pracht zulächelt und insgeheim sagen will: «Hier war noch keiner.» Was ich noch brauche, ist entsprechender Zuspruch. Ich brauche jemanden, der an Visionen glaubt. Einen Menschen, der selber von Visionen heimgesucht wird. Schattenton, sicher, wer sonst!

Sklave seiner Umstände

Wenig später sitze ich auch schon mit Schattenton am Tisch. Er lauscht gespannt meinem Bericht über diesen seltsamen Schriftsteller und sein jubelndes Publikum. Und der Verkaufsstrategie, die nicht außer Acht gelassen werden sollte. Schweigend hört er mir zu und unterbricht nicht ein Mal, was sehr ungewöhnlich ist.

Nach ausführlicher Berichterstattung warte ich nun, meinerseits gespannt, auf seine Antwort. Doch nichts tut sich.

«Schattenton», zische ich. Nichts, keine Regung. «Schattenton, was hältst du davon?», dabei stupse ich ihn an.

Irgendwann rührt er sich, doch seine Kopfbewegung könnte ebenso ein Nein wie ein Ja bedeuten. Sein Kopf kreist wie ein Planet um die Sonne.

«Ein Buch erzählt eine Geschichte, ein Buch weckt Emotionen, soll den Leser berühren, fesseln, soll ihn in ein Land mitnehmen, das er noch nicht kennt. Ein Buch? Du und ein Buch? Mann, welche Geschichte hast du schon erlebt? *Der Graf von Monte Christo, Tarzan, Winnetou*, das sind Geschichten, die unsterblich bleiben. *In 80 Tagen um die Welt, 20.000 Meilen unter dem Meer, Der Untergang der Titanic*, das sind Dramen. Dramen, die nicht alltäglich sind. Das ... das sind Erlebnisse, die den Leser auf eine Reise ins Unbekannte schicken. Eine Phantasiewelt, weit ab von Dosenbier und Pommesessen in Bochum. Wovon sollte dein Buch, deine Geschichte handeln? Lass mich überlegen: Hier stehe ich, Bowski, stehe nicht alleine, andere stehen auch hier. Och, endlich Ampel grün, alle laufen los, ich hänge mich hinten dran, mein Leben geht weiter, mal gucken, was noch kommen mag. Eigentlich ist schon Rot, aber um umzukehren ist es jetzt zu spät. Millisekunden entscheiden über Leben und Tod. Mit letzter Kraft ziehe ich meine Beine nach, im Windschatten eines Linienbusses. Mit letzter Kraft hechte ich Richtung Bordsteinkante, wippe zwischen Zehen und Ferse auf der Kante, eine Oma reicht mir ihre Hand und zieht mich rauf. Gerade noch rechtzeitig erreiche ich die andere Straßenseite ...»

«Halt doch die Schnauze!», brülle ich. «Dein Glas wird nie halb voll sein, es wird immer halb leer bleiben. Dein scheiß Dauerpessimismus geht mir allmählich auf die Nerven. Meinst du, nur du könntest Hervorragendes leisten und gute Ideen hervorbringen?»

Um Schattentons Mundwinkel wird es finster, beschämt schaut er zu Boden. Sein blöder Köter schaut mit gleicher Miene zurück. Jetzt bin ich in Stimmung, erhebe mich und predige, als wollte ich die Welt erobern. Die Menschheit soll sich ihres selbst geschaffenen Dramas bewusst werden, und das Drama heißt nicht *In 80 Tagen um die Welt*, sondern bedarf eines ganz neuartigen Abenteuers.

«Kennst du noch die Familiensaga um Kunta Kinte?», frage ich.

Schattentons Gesichtsausdruck geht in eine undefinierbare Mimik über: «Kunta Kinte?»

«Mann, Fernsehen, Siebzigerjahre, diese Familiensaga um die Sklavenfamilie! Chicken Schorsch und wie die alle hießen, das kam immer nach Bonanza.»

«Bonanza?», wiederholt Schattenton in trägem Ton.

«Mann, ist ja auch egal, jedenfalls geht es um Sklaverei», erkläre ich und deute eine Halskette aus dickem Guss an.

«Ach so, warum hast du das nicht gleich gesagt.» Schattenton grinst jetzt. Ich merke, er nimmt mich nicht ernst. «Du willst sozusagen ein Buch über moderne Sklaverei schreiben?» Sein Gesicht wirkt jetzt irgendwie mütterlich auf mich. «Aber was ist deine Rolle darin?» Er lehnt sich zurück. «Du siehst nicht gerade aus wie, wie soll ich sagen, ein Sklave. In vielen Ländern gibt es so etwas wie Sklaverei, in Mexiko, Indien, Asien oder den Dritte-Welt-Staaten, keine Frage, aber wie willst du an Informationen darüber herankommen?»

Ich erwidere nichts. Schattenton streichelt seinen Köter, und der Wind sortiert die herumliegenden Blätter hier am alten Teich. Nach tiefem Durchatmen schaue ich Schattenton direkt in seine trüben Augen: «Ich bin der Sklave, ich werde meine Geschichte aufschreiben. Ich werde das Drama des Buches sein. Ich, du und all die anderen, die wir so kennen.» Das ‹Ich› betone ich extra mit einer tiefen Stimme.

Schattenton lehnt sich noch weiter zurück. Als wäre er der Chef, und ich jemand, der sich um einen Job bewirbt. «An welchen Tagen hast du denn ein Sklavenleben geführt? Und meinst du, es würde für einen, sagen wir mal, Dreihundert-Seiten-Schinken reichen?»

Er nimmt mich nicht ernst, das spüre ich deutlich. Wie kann ich ihn überzeugen, wie ihm meine Idee genauer erklären? Vielleicht habe ich völlig verkehrt angesetzt, die Idee des Buchstoffes falsch formuliert. Überhaupt, Schattenton und Bücher, außer Sachbücher wird er noch nie etwas gelesen haben. Mein guter alter Freund ist eventuell gar nicht der richtige Ansprechpartner bezüglich meiner Buchvision. Da könnte ich, glaube ich, genauso mit seinem Hund weiterquatschen. Noch einmal versuche ich einen neuen Ansatz zu finden. «Du?»

Schattenton wendet den Blick ab von seinem Köter und schaut erschrocken auf.

«Du», wiederhole ich, «was verdienst du mit deinem neuen Job?»

Ohne zu zögern antwortet er trocken: «Einen Euro pro Stunde.»

Ich nicke zustimmend. «Siehst du, ich auch. Ich, du, Schrotti, Dr. Senfmann, Speedy und selbst die Immerwillige hat 'nen Ein-Euro-Job. Ist doch komisch, oder? Wieso kannst du in deinem alten Job nicht so weitermachen wie bisher, mit 'nem Monatsgehalt von ...»

«Zwoacht netto», führt Schattenton den Satz zu Ende. Dann überlegt er, und selbst der Hund schaut drein, als würde er überlegen. «Ja, aber Sklave? Sklaven haben gar keinen Lohn bekommen und wurden gekauft oder verkauft, das ist doch was völlig anderes.»

Kopfschüttelnd laufe ich um den Tisch. «Ja, ja, ist schon klar, ich will ja auch auf was ganz anderes hinaus.» Gedankenversunken blicke ich auf den trüben Teich, ein Fisch ist schemenhaft an der Wasseroberfläche zu erkennen. «Sklave seiner Umstände», fällt mir jetzt ein, dabei zeige ich einen warnenden Zeigefinger, «genau, das meine ich. Du, ich, Senfmann, wir sind alle Sklaven unserer selbst geschaffenen Umstände.» Jetzt stehe ich ganz dicht vor Schattenton und fuchtele wild mit dem Finger vor seinem verdutzten Gesicht herum. «Mein Buch soll auf die Gefahren dieser Umstände hinweisen, in Form einer

Biographie. Durch diese Wegbeschreibung quer durch mein Leben sieht der Leser, welche Gefahren an der jeweiligen Abzweigung des Lebens lauern. Und wenn er aus dem von mir Erfahrenen seine Schlüsse zieht, kann er von vornherein anders handeln, und sein Leben wird nicht so verlaufen wie meines.»

Schattenton blickt mich erschüttert an, ich glaube, ich habe ihn überzeugt. Schwungvoll nehme ich meinen Finger aus seinem Gesicht und meine: «Und?»

«Aus deinen Erfahrungen lernen? Wer sollte denn aus deinen Erfahrungen etwas lernen wollen, und überhaupt, du bist vierzig. Prozentual gesehen bist du dem Tode schon näher als deiner Geburt, was bedeutet, dass du nur eine junge Leserschaft erreichen könntest, und die hat bestimmt bessere Vorbilder als dich.»

Während der Fisch im Teich seine Kreise zieht, kratzt sich Schattentons Köter am Ohr, und Schattenton selber könnte meinetwegen auf der Stelle abkratzen. So ein Vollidiot, seine peinlich genaue Analyse und seine pessimistische Art, die Dinge nur von der Kehrseite zu betrachten, ist mir ein Dorn im Auge. Anders ausgedrückt: Arschloch. Ich lasse mir von einem Schlaftrunkenen doch nicht meinen neuen Lebensplan ausreden! Mein Buch steht sozusagen schon mit einem Bein im Buchhandel und mit dem anderen auf der Spiegel-Bestsellerliste. Und wenn ich erst mal die ersten Sätze zu Papier gebracht habe, dann wird er seine Meinung schon ändern. Und so wie ich ihn kenne, wird er selbst schnell eine Idee haben, die der meinen merkwürdigerweise sehr ähnelt. Aber Hauptsache zunächst mal «Ach nee» jammern.

Da ich diese sinnlose Unterhaltung mit Schattenton nicht gerade für fruchtbar halte, beschließe ich nach Hause zu gehen.

Schattenton seinerseits scheint erleichtert zu sein, als ich mit einem etwas gedämpften «Tschüs» die Gartentür hinter mir schließe.

Jedes Buch beginnt mit einem leeren Blatt

Wieso muss der Spinner einem alles vermiesen? Mit schnellen Schritten laufe ich durch den von Dunkelheit durchtränkten Park. Ein paar Urängste kommen in mir hoch, und ich schaue mich vorsichtig um, weil ich sie nicht vollständig ignorieren kann. Doch meine Wut ist größer als meine Angst, von mir aus könnte eine ganze Armee von Psychopathen hinter den Bäumen auftauchen.

Zu Hause angekommen, glotze ich auf ein weißes Blatt Papier. Zum x-ten Mal verhelfe ich aus Nervosität dem Bleistift zu einer noch schärferen Spitze. Hastig drehe ich das, was von dem Stift noch übrig ist, zwischen den Messern des Anspitzers, der mich an meine Schulzeit erinnert. Ein aufgerissener Giraffenhals. Wahrscheinlich ist nur der Anfang schwer, bestimmt geht das jedem Schriftsteller so. Auch Hemingway muss irgendwann mal seinen allerersten Satz gut überlegt haben.

Immer noch habe ich Schattentons Worte im Kopf: «Aus deinen Erfahrungen lernen? Wer sollte aus deinen Erfahrungen lernen wollen?» Stichwort Erfahrungen, das wäre vielleicht ein guter Anfang! Zielsicher jongliere ich den Bleistift so nah wie möglich an das Blatt Papier heran. Ein wenig Hoffnung, durch eine unsichtbare Hand geführt zu werden und das Blatt in einen Roman zu verwandeln, kommt in mir auf. Die anschließende Stille wird einen dramatischen Einfluss auf meinen Schreibstil nehmen, auch wenn ich noch kein Wort zu Papier gebracht habe, das spüre ich intensiv. Ich beuge mich leicht nach hinten und drehe am Rädchen meines alten Radioweckers. Eine Stimme verkündet für die nächste Stunde leichte, sanfte Musik für zwei. Armstrong lässt gerade seine wunderschöne Welt ausklingen und Billie Holiday wird angekündigt. «Some Other Spring», tönt der Radiosprecher freudig, so als würde sie jeden Moment leibhaftig in sein Studio stürzen. Ein ruhiger Song, den Text verstehe ich nicht, aber ich sehe Bilder einer verqualmten Bar vor mir, und eine schöne Frau in meterlangem Kleid stöhnt ins Mikro. Ihr Kleid genauso weiß wie ihre Zähne. So weiß wie mein Blatt Papier, das noch immer nach frischer Tinte zu schreien scheint. Den Blues eines Schriftstellers habe ich offenbar bereits. Jetzt fehlen nur noch ein paar passende Worte, die richtig zusammengesetzt einen Satz und mehrere davon wiederum Absätze bilden, um die Seiten meines Romans zu füllen.

Das Lied ist vorbei, und der Moderator huldigt der einst so großen Künstlerin, nicht ohne nebenbei darauf hinzuweisen, dass sie mit gerade mal neunzehn Jahren ein Leben als Prostituierte führte, bevor sie sich ganz der Musik widmete.

Müsste auch ich mich prostituieren? Doch wer würde mich wollen, ich bin vierzig und sehe nicht halb so gut aus wie Billie. Ein neues Lied erklingt und ich konzentriere mich wieder auf das vor mir liegende Blatt. Wie könnte der Roman überhaupt heißen? Ich hab noch nicht ansatzweise eine Idee. Ich will hier zwanghaft ein Buch schreiben und weiß nicht einmal, wie es eigentlich heißen soll. So kann es ja auch nichts werden ....

Meine Gedanken verstummen urplötzlich. Von draußen höre ich von weit weg Kirchenglocken. Es bimmelt ohne Unterbrechung. So eine Uhrzeit kann es gar nicht geben. Bim, bam, bim, bam! Meine Konzentration ist jetzt unterhalb des Nullpunktes angelangt und bewegt sich in Richtung Keller. Ein Buch braucht erst mal einen Titel, ganz klar. Von dieser Erkenntnis getroffen, tauchen mit einem Mal, trotz Kellerkonzentration, bekannte Buchtitel vor meinen Augen auf. Ganz vorweg *Die Blechtrommel, Alexis Sorbas, Papillon* – Titel, die sich fest in meinem Hirn verankert haben. Viel an Büchern habe ich noch nicht gelesen, aber diese schon.

Der Titel muss sofort fesseln, das ist klar. Ich brauche einen Supertitel. Einen Titel, der direkt ins Auge sticht und nach mehr verlangt. So etwas wie einen barbusigen Titel, bildlich gesehen. Man guckt, sieht diesen Titel und kauft das Buch, obwohl man gar nichts kaufen wollte. Mein Buch wird den Titel tragen ... wird den Titel tragen ... wird ... ach scheiße, das weiße Blatt vor mir blockiert völlig meine Gedanken! Genervt reiße ich es hoch und drehe es um.

Es bleibt blütenweiß. Die Kirchenglocken kündigen fünfundvierzig Uhr an. Nochmals spitze ich den Bleistift an, der jetzt etwa die Länge meines kleinen Fingers hat. Wenn das so weitergeht, muss ich mir von meinen letzten paar Euros noch eine Ladung Bleistifte kommen lassen, ohne überhaupt den Klappentext verfasst zu haben. Euro, Euro, das Wort und die Bedeutung Euro bleiben plötzlich auf der leeren Gedankenautobahn wie erwischt stehen. Der Titel sollte irgendetwas mit Euro zu tun haben, das ist gut. Euro erregt sofort die Gemüter. Euro ist eine emotionale Zeitbombe, die in jedem schlummert. Keiner will ihn haben, aber alle rennen damit rum. Zwiespältiger können Gefühle gar nicht mit sich rumgeschleppt werden.

Außerdem ist der Euro maskulin, was nichts heißen soll, aber in der Buchsprache wirkt so was gewichtiger als feminine Titel. ‹Schöne Ferien› klingt beispielsweise eher feminin. Also, der Euro maskulin würde heißen ‹Der-Euro-Mann›.

Meine Gedankenautobahn scheint sich langsam zu füllen, und es ist sogar schon Stau in Sicht. Gierig nach mehr Input kaue ich auf dem geschrumpften Bleistift herum. Der Bleigeschmack verteilt sich im gesamten Mundraum. Würgreiz und Spuckdrang wechseln sich ab. Vor mir nun ein besabbertes leeres Blatt, welches in etwa meine Gedankenstruktur bildlich erscheinen lässt. Wieso ist es verdammt noch mal so schwer, ein paar blöde Sätze aufs Papier zu bekommen? Wie kamen denn all die ganzen Sätze aufs Papier, die jetzt in Buchform Bibliotheken weltweit füllen?

Ich bin kurz davor, aufzugeben. Ich werde meine Schriftstellerkarriere noch vor Beendigung des ersten Satzes an den Nagel hängen müssen. Ich werde der erste Schriftsteller sein, der nie einer war. Und ich werde bei meinem Ein-Euro-Job bleiben müssen, den ich insgeheim schon an einen anderen Nagel gehängt hatte. Ich, der Ein-Euro-Mann!

Niedergeschlagen lehne ich mich zurück. Die Stille, die vorher nur in meinem Zimmer zu spüren war, hat sich jetzt auch in meinem Hirn breit gemacht. Mein Hirn gleicht einem endlos langen Flur ohne Fenster. Ich, der Ein-Euro-Mann. Der Ein-Euro-Mann, das ist es, was ich bin, nicht mehr und nicht weniger. Eine Ein-Euro-Arbeitskraft. Ein Mann, der für ’nen Euro die Stunde Laub fegt. In jedem verdammten Park dieser Stadt. Meine Karriereleiter scheint halt nur aus drei Sprossen zu bestehen, da sollte ich mir nicht länger was vormachen. Kindergarten,

Schule und am Ende dieser Laubfeger-Job für einen Euro die Stunde! Das ist weit weg von einer Schriftsteller-Existenz.

Ich sträube mich wie wild gegen diesen Gedanken und beiße vor lauter Verzweiflung auf dem Bleistift herum. Wie ein ausgehungerter Biber sitze ich vor meinem leeren besabberten Blatt Papier, das ich noch vor sechzig Glockenschlägen für einen neuen Weg aus der Ein-Euro-Sackgasse hielt. Ein Euro, ein Euro. Nichts geht mehr. Ich bin der geborene Ein-Euro-Mann, na und? Ein Euro, immer noch besser als fünfzig Cent.

Amerikaner müsste man sein. Die machen sogar noch aus fünfzig Cent Millionen. Dieser Rapper kommt mir wieder in Erinnerung. Erst verkaufte er jahrelang Crack an jeden, der ihm über den Weg lief. Und als er dann selber anfing, das Zeug zu rauchen, landete er prompt in der Gosse, mit gerade mal noch fünfzig Cent in der Tasche. Diese fünfzig Cent sollten sein Leben verändern. Stundenlang starrte er darauf und schwor sich, von nun an einen anderen Weg zu gehen. Das Erste, was er tat, war, seinen Namen Curtis Jackson einzutauschen gegen den Namen der Münze, die er in der Hand hielt. Er benannte sich nach dieser bescheuerten Münze: 50 Cent. Ob diese Geschichte jetzt wirklich stimmt oder nicht, MTV hat das jedenfalls behauptet. Aber was nützt es, wenn ich meinen Namen ändere? Dann sitze ich im Flur auf dem Arbeitsamt und ein Integrationscoach wird mich aufrufen: «Herr Ein-Euro, bitte!» Alle werden sich nach mir umdrehen und kichern. Das kann es nicht sein. Ich werde meinen Namen nicht ändern, never. Da müsste ich schon selber auf Crack sein, aber das wird nicht passieren. Aber wie wäre es denn, wenn ich ... genau ...! Genau!

Mit zitternder Hand führe ich den Rest des Bleistiftes Richtung leeres Blatt. Zuerst fühlt es sich an, als würden zwei gleich gepolte Magnete aufeinander zugeschoben. Vielleicht liegt es aber auch nur am durchgekauten Bleistift, der einfach für einen festen Griff unbrauchbar geworden ist. Doch schon im nächsten Moment steht er, mein Buchtitel. Auf dem besabberten Blatt Papier. Mein Buchtitel. Der erste eigene Buchtitel meines Lebens. Voller Stolz halte ich das Blatt Papier dem Mond entgegen, der als Sichel ins Fenster glotzt. Er ist mein Zeuge.

Am nächsten Morgen weckt mich ein lautes Klopfen. Nur mühsam schaffe ich die wenigen Schritte zur Tür. Es ist völlig unerwartet Schattenton. Er meint, es tue ihm leid und er glaube, dass Pessimismus vielleicht vererbbar sei. Ich bitte ihn rein und schleppe mich weiter zur Küche. Wir sitzen uns gegenüber, schlürfen heißen Kaffee und tauschen nur sparsam einige nichtssagende Sätze aus. Irgendwann fragt er mich, ob ich es mit dem Buch wirklich ernst meinen würde, und wenn ja, wolle er mich auch unterstützen, und was er gestern gesagt habe, habe er nicht so gemeint.

Buch? Was für ein ...? Stimmt, das Buch! Ich hatte doch gestern Abend wie wild geschrieben. Für einen kurzen Augenblick war es wie aus dem Gedächtnis gelöscht. Mit einem Satz springe ich auf und eile zum Schreibtisch. Hastig durchforste ich den Blätterhaufen. Aber außer Rechnungen, Mahnungen und alten Bewerbungen finde ich nur ein Blatt mit einem einzigen handgeschriebenen Satz. Ich könnte schwören, ich hätte ... Der Mond war doch mein Zeuge! Krampfhaft versuche ich, mich an gestern Abend zu erinnern. Die Glockenschläge und als Kontrast dazu mein stummes Hirn. Ich habe kein Buch geschrieben, auch wenn ich es gerade noch glaubte. Nur diesen einen Satz, der da steht. Genauer gesagt, nur diese zwei Wörter: ‹Der Ein-Euro-Mann›.

Wie verwunschen stehe ich da mit dem Blatt in der Hand und starre wie paralysiert auf diese zwei Wörter. Schattenton stellt sich neben mich und glotzt ebenso.

«Der Ein-Euro-Mann», liest er laut vor und schaut dann fragend herüber, «was ist 'n das?»

Und wieder bemerke ich seine eigenartige Betonung.

«Was das ist? Das ist ... das ist das Buch», stottere ich, als könnte ich es mir selber nicht erklären.

«Ist aber ziemlich kurz gehalten, dein Buch, liest sich für meine Verhältnisse ein bisschen zu schnell runter», stichelt Schattenton.

Wütend fahre ich ihn an: «Das ist doch nur der Titel, du Arsch!»

«Man darf ja wohl mal einen Witz machen», entschuldigt er sich und geht zum Tisch zurück. Er schlürft an seinem Kaffee und guckt verstohlen ins Leere.

Das ist der Titel, jetzt fällt es mir wieder ein. Die Geschichte mit dem Fifty-Cent-Typ und die Idee, die daraus entstand. Entzückt vor Begeisterung wedele ich mit dem Blatt vor Schattentons Nase herum.

«Ich schreibe ein Buch, das den Titel *Der Ein-Euro-Mann* tragen wird.»

«Was soll das denn sein, eine Hommage an Supermann für Arme, oder was?» Schattenton scheint ganz offensichtlich nichts zu verstehen.

«Der Ein-Euro-Mann, das ist die Geschichte über einen Mann, der einen Ein-Euro-Job hat und sein Leben ändern möchte. So wie du und ich», erkläre ich.

Woraufhin Schattenton gleichmütig feststellt: «Ich möchte mein Leben gar nicht ändern, wie kommst du darauf?»

«Ich aber. Ist ja auch jetzt egal. Meine Geschichte dreht sich jedenfalls um diese Ein-Euro-Sache. Mann verliert Arbeit, findet nix Neues und bekommt schließlich einen Ein-Euro-Job angeboten.»

Schattenton gibt wieder einen seiner bekanntesten Gesichtsausdrücke zum Besten. «Ja, und was soll daran so spannend sein? Es gibt Tausende Ein-Euro-Jobber.»

«Ja, genau, das ist doch der springende Punkt», versuche ich Schattenton verständlich zu machen. «Dieser soziale Missstand ist es doch, auf den ich in dem Buch hinweisen möchte, nur halt als Geschichte verpackt.»

Nun wechselt Schattenton seinen Gesichtsausdruck, ich glaube, er hat verstanden. Nach kurzem Schweigen wiederholt er meine Worte: «Sozialer Missstand.»

Genervt reiße ich ihm die Kaffeetasse aus der Hand und zerre an seinem Arm: «Sozialer Missstand, sozialer Missstand. Schattenton, es ist nicht normal, dass ein erwachsener Mann von 40 Jahren für einen Euro die Stunde arbeiten geht! Raffst du das nicht?»

«Na ja, ich finde die Idee mit dem Buch im Grunde ganz gut, nur musst du echt gucken, über was du da letztendlich schreiben willst.» Mit diesem Satz steht er auf und leert in einem Zug die Tasse. «So, ich muss jetzt los zu unserem Kriegsveteranen, der lauert schon auf seine Medizin.» Die Tür fällt ins Schloss.

Blindgänger füllen keine Seiten

Ich sitze wieder vor dem Stück Papier, dem Anfang meines Buches. Aus den zwei Wörtern werden auch durch längeres Hinstarren nicht mehr, und so beschließe ich kurzerhand, einen Spaziergang durch unsere Siedlung zu machen. Vielleicht werde ich durch einige Eindrücke inspiriert, bekanntlich schreibt ja das Leben die dicksten Bücher.

Die Häuser in diesem Viertel sind besonders grau, was mir bisher noch gar nicht aufgefallen war. Auch die Menschen, die mir entgegenkommen, haben eine aschgraue Gesichtsfarbe, und ihre Blicke sind noch leerer als mein Portmonee. An einer Ampelkreuzung bleibe ich kurz stehen und beobachte einen Blinden, wie er sich die Straße entlang tastet. Woher weiß er eigentlich, wo er lang muss? Ich habe schon Schwierigkeiten, ohne Licht vom Schlafzimmer zum Badezimmer zu laufen, und er läuft hier, ja, wohin überhaupt? Kurzerhand beschließe ich, dem Mann unauffällig zu folgen. Vielleicht passiert ja etwas, was ich für mein Buch verwenden könnte. Tack, tack, tack, folge ich dem Mann im sicheren Abstand von einigen Metern. Er trägt einen grauen Hut, sein Anzug ist glatt gebügelt und damit deutlich weniger faltig als sein Gesicht. Eine Sonnenbrille gibt ihm ein cooles Erscheinungsbild. Tack, tack, tack. Vorsichtig tastet er sich mit seinem Blindenstock vorwärts.

Nach einer guten halben Stunde stehe ich wieder an derselben Ampelkreuzung, von der aus ich die Verfolgung aufgenommen hatte. Der Mann bleibt an einer Haustür stehen und kramt in seinen Hosentaschen, dann zückt er einen Schlüssel, und noch bevor ich mein Notizheftchen aus meiner Innentasche zücken kann, ist er auch schon verschwunden.

«Wohnt hier», kritzele ich in das Heftchen und frage mich zugleich, wofür ich diese Information brauchen könnte. Es kann doch nicht so schwer sein, ein Buch zu schreiben! Ich brauche nur die richtige Eingebung, und dann fließen die Wörter schon von ganz alleine. Wenn ich ein Buch über die sozialen Missstände schreiben möchte, müsste ich doch einfach nur in die Höhle des Löwen, zum Sammelpunkt aller erdenklichen Missstände, und das ist ohne Zweifel der Park. Dort gibt es Informationen. Genau, ich muss mich einfach in den Park begeben, Senfmann, Krause, Biermann und den ganzen Philosophen dort zuhören und mitschreiben. Da gibt es doch literarischen Stoff ohne Gnade.

Schnellen Schrittes begebe ich mich Richtung Park. Bewaffnet mit meinem zerkauten Bleistift und dem Notizblock, der außer dem Tagesmarsch des Blinden noch keine preisverdächtige Prosa enthält. Am Parkeingang stehen zwei Damen und bieten mir ihre Liebe an. Rasch mache ich eine Notiz: *Junge Frauen prostituieren sich für Geld.* Beiläufig frage ich: «Wie viel?», und notiere auch gleich die Antwort. «Dreißig Euro mit und fünfzig Euro ohne», verkündet die eine. «Ohne was?», frage ich scherzhaft und gehe weiter. «Ohne Hirn!», schreit sie mir wütend hinterher.

Von weitem sehe ich schon Biermann, wie er mit Händen und Füßen der herumstehenden Gruppe etwas vermittelt. Das ist meine Chance. Vorsichtig schleiche ich mich so nah wie möglich heran. Hinter einem Baum, nur wenige Meter von ihnen entfernt, lausche ich den Worten Biermanns: «... und dann, wenn keiner damit rechnet, ziehen sie ratzfatz die Mauer hoch. Wer da nicht aufpasst, für den brechen finstere Zeiten an.»

«Ja, aber doch nicht in Bayern», erwidert Senfmann.

«Gerade eben in Bayern, das liegt doch direkt an der tschechischen Grenze, und von da aus könnte die Invasion starten.»

Ich höre, wie Senfmann meint, dass dafür die Regierung keine Mauer um Bayern ziehen würde.

«Bei einer Gesamtfläche von siebzigtausend Quadratkilometern, die zu sichern sind, kannst du da aber mal von ausgehen», kontert Biermann launig.

Ich mache mir schnell ein paar Notizen. Um Bayern eine Mauer ziehen, das ist guter Stoff.

«Ja, aber die Landesgrenzen alleine sind ja schon 2.705 km lang, das ist fast die Hälfte der Chinesischen Mauer», mischt sich ein Typ ein, der mir bisher unbekannt ist.

Biermann regt sich gleich in seiner alt bewährten Art auf: «Hey, Senfmann, wo hast du diesen Typ denn aufgegabelt? Der scheint ja ein Lexikon gefressen zu haben.»

«Lass mal, Biermann, der Typ ist in Ordnung, der weiß eben ein bisschen mehr als unsereiner», erklärt Senfmann.

«Hoffentlich weiß der auch, wo der Ausgang des Parks hier ist, Klugscheißer sind hier in der Runde nämlich nicht willkommen», stänkert Biermann weiter.

Eine Diskussion entsteht und ich frage mich, ob das Ganze hier für meinen Bestseller relevant genug ist, um notiert zu werden. Ich glaube, so komme ich keinen Schritt weiter. Ich benötige ernsthafte Fakten, aber woher nehmen?

Kaum zu Ende gedacht, taucht unerwartet die Immerwillige auf. Jetzt erwarte ich wichtige Hinweise in Bezug auf Familienplanung und soziale Ausgrenzung von Großfamilien.

«Ey, hat hier einer Bock auf 'nen netten Nachmittag?», ruft sie in die Runde und schnalzt dabei mit der Zunge. Alle gucken sich gegenseitig an, weil Zeit hätten sie schon. Doch einer nach dem anderen gibt vor, noch dringend wichtige Sachen erledigen zu müssen.

Während ich meinen eigenen imaginären Tagesplan durchgehe, klopft mir plötzlich jemand auf die Schulter. Ich drehe mich um und mein Herz schließt für einen kurzen Moment sämtliche Tore. Da steht er. Ich hätte mit allem gerechnet, aber nicht mit ihm. Dieser Mensch ist mir komplett aus dem Sinne entwichen. Unsere Blicke treffen sich, meine Knie sind weich wie Butter.

«Es scheint dich zu überraschen, dass ich noch lebe», meint er und schiebt sein Bein ein bisschen nach vorne, vielleicht um mir den Weg zu versperren. Zwischen Baum und meinem Gegenüber ist jetzt nur noch eine Handbreit Platz. Ein Weglaufen scheint unmöglich.

Kalter Qualm verteilt sich in meinem Gesicht, und erneut richtet er das Wort an mich: «Herz.»

«Herz?», wiederhole ich leise.

«Warum verschwendest du hier deine Zeit, wenn doch dein Herz dir alle Fragen beantworten kann?»

Ich hatte gar nicht mehr an ihn gedacht, an den Mann in Schwarz-Weiß. Irgendwann hatte ich ihn als Hirngespinst abgetan. Angewurzelt, wie der Baum hinter mir, stehe ich da und weiß keine Antwort.

«Du solltest deinem Herzen lauschen, nicht den Quatschköpfen da drüben. Die haben ihre eigene Geschichte und du hast deine. Du stehst hier wie ein Trottel und notierst dir die Geschichten anderer Menschen, wofür?»

«Ich schreibe an einem Buch über die sozialen Missstände der heutigen Zeit und ich glaube, hier kann ich mir irgendwelche Anregungen holen.»

Der Unbekannte lächelt, schiebt seinen Hut aus der Stirn und schnalzt komisch mit der Zunge, fast so wie es die Immerwillige gerade getan hat.

«Soziale Missstände? Was weißt du denn von sozialen Missständen? Ein sozialer Missstand ist es, wie ihr mit eurem Leben umgeht, wie sparsam ihr eure Kreativität gebraucht und wie trostlos ihr mit dem Gedanken des freien Willens umgeht. Ich bin ein Sklave, ich bin ein Sklave!», feixt er und hüpft dabei von einem Bein auf das andere. «Ich bin ein Sklave der sozialen Umstände, Hilfe, Hilfe!» Er dreht sich im Kreis und tut so, als wäre er einem Glaskasten gefangen. «Hilfe, lieber Gott! Hilfe, hol mich hier raus, befreie mich aus dem Sumpf der sozialen Missstände», macht er sich über mich lustig.

«Nicht so laut, die können uns hören», bricht es nun aus mir heraus. Plötzlich höre ich lautes Stimmengewirr und Schritte, die sich nähern.

«Was machst du denn hier hinter dem Baum?», fragt mich Biermann.

«Ich unterhalte mich mit dem Herrn hier», gebe ich zurück und deute mit einem Kopfnicken in die Richtung des Unbekannten.

«Sicher, Bowski, du unterhältst dich mit dem Herrn. Mit Herrn Baum, oder ist es etwa doch Herr Hase?»

Ich verstehe nicht, was er meint, drehe mich um die eigene Achse und deute mit dem Finger ins Leere. Der Unbekannte ist wie vom Erdboden verschluckt, ich gerate in Erklärungsnot und versichere, dass hier gerade eben noch jemand gestanden und ich mich mit ihm unterhalten habe.

«Du führst Selbstgespräche, Bowski, das ist der Beweis einer angespannten Lebensphase.» Freundschaftlich klopft er mir auf die Schulter und schiebt mich dabei sanft, aber bestimmt in Richtung der anderen.

Ein allgemein blödes Grinsen macht die Runde. Kaum stehe ich im Kreis der Philosophen und Dichter, kommen auch schon die ersten Sprüche. Senfmann blickt zu Boden, die anderen gucken gleich hinterher. Nur Biermann schaut zu mir rüber und meint freundschaftlich: «Mensch Bowski, Spaßfaktor übersehen? Was regst du dich so auf? Du weißt doch, wie wir sind, und außerdem bist du doch einer von uns und müsstest wissen, dass es nur Spaß ist.»

«Spaß? Ich reiße mir hier den Arsch auf, weil Bäume eben die Blätter verlieren, und ihr macht euch noch lustig darüber. Wieso räumt ihr die Blätter eigentlich nicht weg, immerhin haltet ihr euch hier den ganzen Tag auf?»

«Ganz einfach, weil uns die Blätter überhaupt nicht stören», meldet sich auf einmal Blocker zu Wort, den ich überhaupt nicht bemerkt habe. «Die Blätter hier, die gehören zu dem so genannten Kreislauf der Natur. Meinst du etwa, vor, sagen wir mal, zweihundert Jahren oder besser noch in der Steinzeit wäre irgendein Neandertaler auf die Idee gekommen und hätte Laub weggeräumt? Nur der moderne Mensch kommt auf so einen schwachsinnigen Einfall und sammelt Laub ein. Jahr für

Jahr, immer im Herbst schön den Bäumen hinterherlaufen und die Blätter hinter ihnen wegräumen.» Lautes Gelächter. «Kleiner Baum, du hast heute wieder alle Blätter liegenlassen, du gehst nicht raus, bevor du dein Zimmer aufgeräumt hast.» Das Gelächter wird lauter, und so langsam werde ich warm und erkenne meine verkrampfte Haltung.

«Herz?», wieder klingen mir die Worte des Unbekannten in den Ohren. Oder war es etwa nur Einbildung? Eine Wahnvorstellung? Keiner hat diesen Unbekannten gesehen. Nur ich. Mich fröstelt und ich weiß nicht, wie ich diese Situation in den Griff bekommen könnte. Das würde mir jetzt noch fehlen. So etwas, was Krause vor Jahren hatte. Eine Psychose. Wahnvorstellungen und Verfolgungswahn. Mann, den ganzen Tag vor etwas weglaufen, was sich dann nach monatelanger Tablettentherapie und Gruppentherapie als selbst gestricktes Gedankenmuster in meiner Krankenakte wiederfindet. Menschen sehen, die es gar nicht gibt. O Gott, als würden mir die hier herumlungernden Gesellen nicht schon reichen! Andererseits hat mir der Mann in Schwarz-Weiß Ratschläge gegeben, die nicht von der Hand zu weisen sind, und er rauchte. So etwas würden doch Wahnvorstellungen nie tun. Wo sollten sich Wahnvorstellungen in Form von Menschen denn Kippen kaufen? Die Tabaksteuer, die ja mit 58 Prozent keine Wahnvorstellung ist, wird dann wo in welchem Wahnvorstellungsland kassiert? Ach, dieser Mann kann keine Wahnvorstellung gewesen sein, er hat sich einfach fix aus dem Staub gemacht, als er die anderen kommen sah.

«Das ist übrigens Klaus Cleve, aber alle nennen ihn den ‹cleveren Klaus›.» Die Stimme von Senfmann holt mich wieder in den Park zurück. Suchend blicke ich in die Runde und bleibe an dem mir bisher unbekannten Gesicht hängen, das dem cleveren Klaus gehören muss. Rundes Gesicht, Scheitelträger, Pornobalken über der etwas zu großen Oberlippe und Sorgenfalten an der Stirn, die so tief gehen, als würden sie jeden Moment seinen Kopf in zwei Hälften teilen. Das müsste übrigens sehr komisch aussehen, so wegen des Scheitels. Bildlich habe ich es kurz klar vor Augen und kann mir ein Grinsen nicht verkneifen.

«Du lachst doch nicht über meine Hasenscharte», nuschelt es wutentbrannt aus ‹Clever-Klaus› heraus.

Hasenscharte? Mir ist keine Hasenscharte aufgefallen. Hasenscharte, was für ein bescheuerter Name überhaupt. Habe mich schon immer gefragt, was eine gespaltene Lippe mit einem Hasen zu tun hat. Aber wer traut sich schon, solche Fragen zu stellen?

«Ich fand etwas anderes lustig. Deine Hasenscharte wär' mir überhaupt nicht aufgefallen, hättest du mich nicht darauf aufmerksam gemacht», gebe ich nun erklärend zurück.

«Okay, dann ist das ja jetzt auch geklärt», meldet sich Senfmann wieder zu Wort. «Klaus ist mein neuer Arbeitskollege. Er ist seit Montag dabei und hat mal eine eigene Firma gehabt.»

Mister Clever nickt zustimmend und gönnt sich einen kräftigen Schluck aus seinem Flaschenbier. Ein Teil der Truppe wendet sich gelangweilt ab und geht zurück zur Eiche.

Anscheinend kennen sie Klaus' Geschichte schon und finden sie nicht so spannend, sie ein zweites Mal hören zu wollen.

Senfmann ergreift wieder das Wort: «Eigentlich ist Klaus der Erfinder von Google, und wenn er ein bisschen mehr Kapital gehabt hätte, würde das Dingens jetzt Clever heißen, was auch viel mehr Sinn ergibt.»

Das runde Gesicht von Klaus wird daraufhin noch runder, als es eh schon ist, weil sich ein Grinsen darin breit macht, das größenmäßig eigentlich zu einem ganz anderen Gesicht passt.

«Google, bitte was ist Google?»

Senfmann guckt mich völlig verdutzt an, und sein neuer Arbeitskollege versucht erst gar nicht, sich ein Lachen zu verkneifen.

Von weitem höre ich Biermann brüllend vor Lachen: «Ich hab euch doch gesagt, dass Bowski vom Internet null Ahnung hat!»

Das Gelächter überschattet jetzt meine Gemütsverfassung, die eigentlich positiv sein sollte. Internet? Google? Klar habe ich schon mal vom Internet gehört. Hat vielleicht dieses Google das Internet abgelöst, so wie damals die CD die Vinylplatten? Wie Dieselloks die Dampfloks? Wie das Informationszeitalter das Industriezeitalter? Grübelnd stehe ich vor Klaus und hoffe, dass er mir endlich das erlösende Stichwort gibt. Ich muss mir ja wirklich eingestehen, dass mich Computer noch nie interessiert haben. Das sind für mich Geräte, die in Büros stehen und von Versicherungsvertretern genutzt werden. Irgendwann kam dieser Bill Gates daher und erfand Windows. Es ist ja nicht so, dass alles Neumodische an mir vorbeigerauscht wäre. Und dass es seit ein paar Jahren Internet gibt, habe ich ja an den Internet-Cafés gesehen, die 'ne Zeitlang die Dönerbuden in der Südstadt ablösten. Was aber seit kurzem wieder rückläufig ist. Also dachte ich, das Internet hätte nicht funktioniert, sich nicht durchgesetzt. Würde genauso sang- und klanglos wieder verschwinden wie der Zauberwürfel, das Jojo oder die Teletubbies. Eine Modeerscheinung, die eben nicht von Dauer ist. Also warum überhaupt erst seine Zeit damit verschwenden? So habe ich gedacht, bis heute, bis jetzt, bis zu dem Moment, als mir der clevere Klaus verkündet, das Internet sei die Zukunft. Es werde in wenigen Jahren das Fernsehen, so wie wir es jetzt kennen, aus den Angeln seiner Macht heben.

Gespannt lausche ich seiner Geschichte, die mich zugegebenermaßen zu fesseln beginnt.

«Ja, ja, erzähl dem Bowski ruhig mal von deiner ersten Million.» Senfmann scheint völlig von Sinnen und stampft nervös mit den Füßen.

Millionen? Habe ich da richtig gehört, dieser Klaus hier, der jetzt als Ein-Euro-Jobber Gärten pflegt, war mal Millionär? Die Sorgenfalte, die vorhin noch seinen Kopf zu spalten drohte, ist bei genauerem Hinsehen mit einem Mal wie glattgebügelt. Selbst sein rundliches Gesicht weist plötzlich kantige Züge auf, männlich, intelligent. Eine Gewinnertyp-Ausstrahlung, die mir ansonsten bedrohlich erscheint, freundet sich mit mir an? Millionär? Die Flasche Bier, die er fest umklammert, wird zum Champagnerglas. Die Cordhose und die viel zu kleine Strickjacke werden zum maßgeschneiderten, schneeweißen Anzug. Die vergammelte Mütze wird zum Zylinder. Ja doch, wenn ich meiner Phantasie weiterhin freien Lauf lasse, könnte Klaus Clever sogar zum Adel gehören. Doch während meines gedanklichen Abdriftens muss ich wohl einige Sätze von Clever Klaus nicht mitbekommen haben. «... und hinterher hat sich halt keiner mehr für meine Filme interessiert», höre ich nur noch. Filme? Wieso denn jetzt Filme, ich dachte, Klaus Clever macht ‹in Internet›?

«Wie jetzt? Was erzählst du mir denn da jetzt von Filmen? Du bist doch nicht mit Filmen Millionär geworden, die du im Internet verkauft hast, oder was willst du mir da jetzt erzählen?»

«Wieso Millionär? Hörst du mir überhaupt zu?» Klaus grinst wieder und die Hasenscharte nimmt eine bedrohliche Form an.

«Senfmann hat doch gerade noch gesagt, du wurdest Millionär durchs Internet ...»

Jetzt fängt auch Senfmann an zu lachen. «Bowski, eine Million Klicks, Klaus hatte eine Million Klicks.»

«Er hatte was?»

«Klicks, eine Million Klicks für seinen Film *Der Fußgänger*.»

Klicks? Fußgänger? Jetzt bin ich ganz raus. Dann doch lieber Wahnvorstellungen und mich den ganzen Tag durch die Stadt begleiten lassen, von wem auch immer.

Dr. Senfmann redet jetzt beruhigend auf mich ein. So wie er es immer tut, als hätte er in der Schule in der ersten Reihe gesessen und von allem das meiste verstanden. «Wenn man ins Internet einen Film reinstellt, dann können Menschen aus aller Welt diesen Film sehen. Das geht jedoch nur, wenn man ihn anklickt, verstehst du jetzt?»

«Reinstellen? Anklicken? Wo reinstellen?»

«Ins Internet, Bowski, man stellt die Filme ins Internet», meint Senfmann jetzt sichtlich angenervt.

Aber wie kann ich denn einen Film irgendwo hinstellen oder von mir aus auch reinstellen? Ansehen, anschalten, ausschalten, zeigen, alles verständlich! Aber reinstellen? Ich wusste doch, dass dieses Internet einen Haken haben muss. Sonst würde es in unserer Südstadt ja nicht wieder mehr Dönerbuden als Internet-Cafés geben. Aber bitte, ich habe die Zukunft nicht gemacht.

«Mann, das ist nur im übertragenen Sinne gemeint. Es gibt ein Forum, eine Plattform, und da kann man seine Filme zum Angucken zur Verfügung stellen», mischt sich jetzt Klaus ein.

«Ach so, wie Radio», atme ich erleichtert auf.

Beide holen Luft: «Ja, fast ...»

Klaus weicht meinen von Durchblick erfüllten Augen aus und schaut auf die Uhr, die fast größer als seine Handfläche ist. «Oh, schon viertel sechse, ich muss los.» Er nimmt einen letzten Zug aus seiner Bierflasche, wirft diese über die Schulter ins Gebüsch und reicht mir seine Hand zum Abschied. «Schön, dich kennen gelernt zu haben. Du bist wenigstens noch nicht so eingenommen von der Erde 2.0», grinst und geht den Ascheweg entlang Richtung Ausgang.

‹Erde 2.0›? Fragend schaue ich ihm hinterher. Dann gehe auch ich rüber zur Eiche, wo ich allerdings wie ein Mondmann empfangen werde.

«Internet, Bowski, das kennen inzwischen sogar die Eskimos. Wer heutzutage keine eigene Homepage hat, gilt als obdachlos, als ein Obdachloser. So quasi ganz ohne ein Zuhause. Du solltest dir ganz dringend mal Informationen übers aktuelle Zeitgeschehen einholen, sagen wir mal von den letzten zwanzig Jahren. Wäre ja auch nicht verkehrt zu wissen, dass wir jetzt eine Frau als Kanzler haben und die Amerikaner, ja diese Amerikaner, demnächst wohl einen schwarzen Freitag als neuen Nationalfeiertag begehen werden.»

Schwarzer Freitag? Frau Kanzler? Scheel, Kohl, Strauß oder Schmidt? Präsident? Freitag? Mein politisches Wissen scheint wohl deutlich für jeden lesbar in mein Gesicht geschrieben, laute Lacher irren nie.

«Freitag, Mann! Freitag, der Schwarze aus Robinson Crusoe! Der nächste Präsident könnte tatsächlich ein Schwarzer sein», schaltet sich jetzt Biermann wieder ein.

«Ja, und ich verdiene an manchen Tagen bis zu 200 auf meiner Website», schnalzt die Immerwillige aus der hinteren Ecke.

Website? Bis zu 200?

Die Meute tuschelt und schaut jetzt auf die Immerwillige.

«Gib mir doch mal die Webadresse», bittet jetzt der eher schüchterne Plauke und zückt einen angekauten Bleistift.

Die Internetdönerbude

Während die anderen eher angewidert vor sich hingrinsen, frage ich natürlich, was es mit dieser Webadresse auf sich habe.

«Am besten, Bowski, du begibst dich mal in eines dieser Internet-Cafés und schaust dir das selber an», meint jetzt Dr. Senfmann belehrend.

«Jau, Bowski, genau, ich zeig dir, wo 'ne gute Bude steht. Da komme ich doch gleich mal mit», wirft Plauke ein und stopft sich den zerkauten Bleier und ein Zettelchen in die Hosentasche. Er wirft noch einen leicht nervösen Blick in die Runde, dann zerrt mich auch schon am Arm. Na ja, warum eigentlich nicht. Themen fürs Buch scheine ich hier eh nicht zu finden, und vielleicht hilft mir ja dieses Internet auf die Sprünge.

Auf dem Weg zum Internet-Cafe erzählt mir Plauke voller Aufregung von den vielen Möglichkeiten des Internets. Seltsam finde ich, dass 80 Prozent aus Sexseiten bestehen sollen, was für Plauke hingegen völlig normal und nützlich scheint.

«Jau, die Willige, irgendwie habe ich es doch schon geahnt, dass die 'ne eigene Domain hat. Die Olle ist doch nicht so blöd, wie man denken könnte.»

Über seine eigene Aussage nachdenkend läuft Plauke jetzt schweigend neben mir. Die Willige hat 'ne Domina? Das hätte ich nicht vermutet, aber die Seele des Menschen soll ja bekanntlich schwarzer Natur sein. So laufen wir also wortlos nebeneinander Richtung Südstadt, dort, wo es das beste Internet-Café im ganzen Umkreis geben soll. Die hätten 'ne ‹achttausender-Leitung›, über die man MP3s runterladen und direkt auf seinen

Player laden könne. Ich nicke nur, als würde ich verstehen, was Plauke mir gerade zu vermitteln versucht. So wie früher im Englischunterricht. Erst nicken, dann sprachlos an der Tafel stehen und anschließend mit 'ner Sechs wieder hinten sitzen bis zum nächsten Nicken.

In der Südstadt riecht es nach Döner, die halbe Einwohnerschaft sieht nach Dönerbudenverkäufer aus, was nicht weiter schlimm ist, nur die gucken nun mal nicht so freundlich wie unsere Bäckersfrau um die Ecke. Einer ruft sogar über die Straße rüber: «Ey, was guckst du?»

«Wir suchen ein Internet-Café!», rufe ich zurück, dieser Typ scheint doch ganz freundlich zu sein.

Er kommt gleich rübergelaufen, seine Kumpels auch. Ganz interessiert folgen sie ihm. Im Halbkreis umlagern sie uns jetzt und reden wild durcheinander. Plauke zeigt mir einen Vogel und der Typ wiederholt gleich seine Frage: «Ey, was guckst du? Hast du mich geguckt?»

«Ja genau, hast du den Hasan geguckt?», mischt sich jetzt so ein kleiner gestylter Streetdancer ein.

Ich habe den Hasan geguckt? «Wir suchen das Internetcafe», wiederhole ich etwas genervt.

«Brauchst du MP3?», mischt sich jetzt ein Typ mit Overdress-Shirt von Kik ein. «Oder Filme? Wir haben alles.» Im Schnelldurchlauf rattert er jetzt die Kinocharts der vergangenen Wochen runter. Ein Dieter Thomas Heck wäre seinerzeit vor Neid erblasst.

Plauke scheint etwas nervös zu sein und redet nun behutsam auf den Halbkreis Halbstarker ein. «Ey, jetzt mal ganz locker, wir ...», dabei wedelt er angriffslustig mit dem Zeigefinger, «sind wegen Ivans Festplatte hier. Die soll nämlich neu formatiert werden, und wenn das nicht in den nächsten Minuten klar geht, wird er wohl anfangen, eure aufgeweichten Hirnlappen zu formatieren. Vielleicht möchte ja mal selber jemand mit Ivan sprechen?» Mit diesen Worten holt er sein altes Handy hervor und beginnt, eine Nummer zu wählen.

«Och, ihr Freunde von Ivan ...», entgegnet einer kleinlaut, und der Halbkreis lichtet sich schlagartig. Hasan zeigt auf ein rotes Schild drei Häuser weiter und meint nur, die hätten 'ne achttausender Leitung und das Dönerschild gelte nicht mehr. Er schüttelt uns die Hand und winkt seinen Leuten zum Abmarsch.

Als sie wieder die Straßenseite wechseln, gönne ich mir einen tiefen Atemzug. Ein Gemisch aus Zaziki, Pommesfett und Autoabgasen inhaliere ich, und durch die Nase sprechend frage ich nach Ivan.

«Ivan zieht bei so 'nem Jungvolk wie gerade eben eigentlich immer. Im Grunde ist die ganze Gegend hier in den Händen von Russen.»

Plauke scheint sich hier wirklich auszukennen und so schreite ich erleichtert, als würde ich von einem Bodyguard begleitet, ins Internet-Café, das wohlgemerkt von außen aussieht wie 'ne Dönerbude. Drinnen ist die Luft stickig, in Zweierreihen stehen lange Tische, die mit Computern bestückt das Herzstück der ehemaligen Speisebude ausmachen. Drum herum tummelt sich scheinbar die gesamte Jugend der Südstadt. Vereinzelt sehe ich auch ältere Herren von der Art, die früher die Kneipentische mit Knobelbechern zerbeulte. Plauke verhandelt mit dem Besitzer und wir bekommen Gerät 4 zugesprochen. Meine Hände vor Aufregung feucht, der Gedanke an mein Buch ist in die hinterste Ecke der Wichtigkeit gerückt, setzen wir uns an den weißen Kasten.

«Das hier ist die Maus, und mit der Tastatur gibt man die Suchbegriffe ein.»

Ach, so einfach ist das Internet? Neugierig starre ich auf den flackernden Bildschirm, der übersät mit kleinen Werbebildchen Durst und Hunger und Lust auf Kino erzeugt. Cola-Werbung, McDonald's Big Mac und der aktuelle Rambostreifen ab Dezember im Cinema. Na ja, erst mal wie Fernsehen, denke ich mir, als mich Plauke unterbricht.

«So, jetzt gucken wir doch mal, was die Willige so zu bieten hat», meint er und kramt dabei den Zettel von vorhin hervor. Nachdem er etwas auf den Tasten herumgeklopft hat, weist uns eine kleine Sanduhr darauf hin, noch ein wenig Geduld zu haben. Die Eieruhr dreht sich und dreht sich. Schweißtropfen lösen sich von Plaukes Stirn und verschwinden zwischen den Tasten. Endlich verschwindet die Sanduhr, und ein Bild von der Immerwilligen erscheint auf dem Bildschirm. Nackt, oder beinahe nackt, sie trägt so etwas wie Hosenträger, also doch nackt. Wenn ich jetzt weitergucke, werde ich zur Salzsäule erstarren, höre ich meine innere Stimme. Sichtlich verstört blicke ich zu Plauke rüber, der mittlerweile seine Schweißtropfen mit einem Taschentuch aufsaugt. Nervös schiebt er diese sogenannte Maus über eine kleine Plastikunterlage und drückt auf die Tasten. Es tauchen weitere Bilder von der Willigen auf. Meine Schamröte muss inzwischen vom Mond aus deutlich zu sehen sein, als ich ihn mit einem gezielten Griff unterbreche.

«Hey Plauke, was soll das hier werden? Sind das die 80 Prozent, von denen du gerade noch so begeistert geredet hast?»

Plauke nickt nur und scheint mich gar nicht mehr wahrzunehmen. Wenn die Immerwillige 80 Prozent des Internets repräsentiert, dann möchte ich nicht wissen, was die anderen 20 Prozent zum Vorschein bringen. Diese Frau, die wirklich schon mit jedem, mal abgesehen von mir und offenbar auch Plauke, durch die Betten gehüpft ist, soll der angesagte Star des Internets sein? Völlig irritiert durch diesen Gedanken erinnere ich mich plötzlich an das Buch dieses vermeintlichen Schriftstellers. *Genetisch gesehen leben die Menschen an der Evolution vorbei*, oder wie der Titel noch hieß. Braucht der Mensch für seinen Fortbestand wirklich das Internet? Braucht der Mensch, um die Evolution sicher im nächsten Jahrtausend fortzuführen, die Immerwillige? Ist die Immerwillige gar so wichtig, wie 1492 Kolumbus es war für die Entdeckung Amerikas? Was ist daraus geworden? McDonald's, Crack und Rassendiskriminierung, aufgeblasene Weltpolizei und Cowboyträume in Form vom Marlboro-Mann? Was wird aus unserem Abendland, wenn die Immerwillige in jedem Haushalt nackt auf dem Bildschirm erscheint? Da wird doch eines Tages die Sonne gar nicht mehr gebraucht und der Begriff Abendland bekommt eine ganz neue Bedeutung. Dann hockt das Ergebnis von zwei Millionen Jahren Evolution, der Homo sapiens, vor so einem ollen Kasten und schaut der verkorksten Immerwilligen dabei zu, wie sie ungeschickt die Hosenträger schnalzen lässt und ihre unförmigen Brüste zum Vorschein kommen. Tageslicht ist da nicht mehr vonnöten.

Meine Gedankengänge wirken jetzt auf mich selbst bedrohlich und nehmen mir den Glauben an ein lebenswertes Morgen in diesem Abendland. Ich rüttle an der Hand von Plauke, welche verkrampft die Maus umklammert.

«Jetzt lass doch mal dieses blöde Plastik-Ei los und zeig mir die anderen 20 Prozent Internet, du Spanner!», brülle ich ihn an.

Ein Mann neben uns schiebt seinen Zeigefinger an die Nase. «Pssst, bitte Ruhe», ermahnt er mich und vergräbt seinen Blick wieder zwischen zwei Brettern, die seinen Bildschirm vor den Blicken anderer schützen sollen.

Wie von einem Laster angefahren, schreckt Plauke auf und schaut verstohlen um sich. «Ach ja, die 20 Prozent.» Sein Taschentuch saugt wieder eine angesammelte Schicht Schweiß auf, und ohne Worte höre ich nur die Tastatur klappern. «Hier», er deutet auf die Sanduhr, die mir wieder mal die Vergänglichkeit vor Augen führt. Wenn ich nicht langsam ansatzweise den Sinn des Internets offenbart bekomme, gehe ich wohl mit dem eingebrannten Nacktfoto von der Immerwilligen nach Hause, welches noch immer flackernd vor meinen Augen aufblitzt.

Die Sanduhr verschwindet und eine Seite erscheint, die aus lauter Text besteht. Oben links eine Weltkugel, die aus lauter Puzzleteilen besteht. *Wikipedia, die freie Enzyklopädie*, steht da in dunklem Grau. Daneben erkenne ich so etwas wie einen Stundenplan: *Geographie, Geschichte, Gesellschaft, Kunst, Religion …*

«So, jetzt kannst du hier oben in diesem Feld irgendeinen Begriff eingeben und du wirst in null Komma nix mit Informationen überschüttet.»

«Feld?»

«Da oben, der Kasten, da tippst du jetzt mal etwas ein, irgendetwas, einen Namen, eine Stadt, deine Lieblingsband, egal was, tipp mal.» Plauke grinst wie auf 'nem Kindergeburtstag.

Er schiebt mir die Tastatur rüber: Topfschlagen, hier der Löffel, drei mal im Kreis und jetzt suchen!

Eine Stadt, ein Name, meine Lieblingsband? Mein Zeigefinger kreist über den Buchstaben der Tastatur. Da sitze ich jetzt vor dem Tor zur Globalisierung wie ein Eskimo vor einem deutschen Kreuzworträtsel. Ohne langes Überlegen tippe ich ‹Herne›, weiß der Geier, wieso. Plauke drückt noch die dickste Taste hinterher.

«Und immer schön ‹Enter› drücken», unterstreicht er sein Handeln.

Und da steht es auch schon: *Herne*, daneben gleich das Wappen, 'ne Deutschlandkarte und viel Text, mancher in Blau.

«So und jetzt scroll mal runter.» Plauke wedelt nervös mit den Fingern.

«Scroll mal runter?», wiederhole ich fragend.

«Ja, runterscrollen», giftet er zurück und fängt an, an einem Rädchen auf der Maus zu drehen, das mir bislang gar nicht aufgefallen war. Der Text auf dem Bildschirm gleitet in Hochgeschwindigkeit an meiner Auffassungsgabe vorbei. Geografie, Geschichte, Religion, Eingemeindung – wieder nur ein Stundenplan, denke ich so. Ich versuche weiter, dem Ganzen zu folgen. Eine endlose Namensliste erscheint. *Heinz Rühmann* erkenne ich und greife geistesabwesend Plaukes Hand.

«Heinz Rühmann, was hat der denn mit Herne zu tun?» Ich bitte Plauke, noch mal in die andere Richtung zu scrollen, obwohl mir das Fremdwort schwer über die Lippen kommt. Der Text wandert jetzt wieder langsam nach oben und ich lese. Heinz Rühmann verbrachte einen Teil seiner Jugend in Wanne. Sein Name in Blau, und noch ehe ich etwas sagen kann, wandert schon der Mauszeiger drauf. Klick! *Heinz Rühmann, geboren 1902, gestorben 1994.* Plauke fängt gleich wieder an zu scrollen. Scrollen? Was ist das überhaupt für ein Wort? ‹Scrollen› – Wort des Jahres 2008. So wie 2002 ‹Teuro›, 2003 ‹Das alte Europa›, 2004 ‹Harz IV›, 2006 ‹Fanmeile›, so was habe ich mir spaßeshalber gemerkt. Falls ich mal zu einer dieser Hunderttausend-Euro-Ratesendungen eingeladen werde, hätte ich wenigstens ein bisschen Allgemeinwissen im Gepäck und könnte dann bei der Herzstillstandsfrage lässig antworten: «Das Wort des Jahres 2008 heißt ‹scrollen›.» Zack! Glittergewitter von der Decke und ab jetzt Champagner aus Eimern.

Plauke rüttelt an meiner Schulter: «Was ist jetzt, Bowski, willst du etwas über Rühmann wissen oder sollen wir mal weiter zappen?»

«Weiter seppen? Ach so ... nee.» Noch schnell erhasche ich 'ne endlose Filmliste, in der Heinz überall mitwirkte. *Die Feuerzangbowle* kannte ich, die anderen hundert Filme nicht. «So viele Filme hat der gedreht? Hm ... dann möchte ich jetzt auch mal wissen, wer schon alles ein Buch geschrieben hat», und setze alles auf eine Karte der Neugierde.

«Wer schon alles ein Buch geschrieben hat?», Plauke guckt mich blöde an und tippt.

Jetzt weiß ich wieder, was ich mir von diesem Internet erhofft hatte, als wir den Park verließen. Nicht die verschrobenen Brüste von der Immerwilligen begutachten, sondern Hinweise wollte ich. Hinweise für meine Sozialstudie. Stoff für meinen ersten Roman und keinen Testosteronspiegel, in dem man seine moralischen Abgründe erblicken kann.

Die Site zum Thema Buch erscheint. Flüchtig überfliege ich

den Text. *Eine Sammlung von bedruckten, beschriebenen, bemalten oder auch leeren Blättern*, lese ich da. Oder auch leere Blätter? Was soll das denn für ein Buch sein? Ich reiße Plauke die Maus aus der Hand und scrolle. Zum ersten Mal in meinem Leben scrolle ich, bin Teil des Wortes des Jahres 2008. Buch bestehend aus leeren Blättern? Gutenberg würde sich im Grabe umdrehen, aber gut, es gibt ja auch bedruckte Blätter ohne Inhalt. Wer weiß, welche Philosophie hinter diesem Buch mit leeren Blättern steckt. Rauf und runter scrolle ich jetzt. Die Maus, wenn sie könnte, würde glühen. Aber wer hat denn nun alles ein Buch geschrieben? Da, die hundert besten Bücher der Welt, in Blau. Klick. Endlich Namen und kurze Infos über Titel und Schreiber. Dantes *Göttliche Komödie*, Goethes *Faust*, Grass' *Blechtrommel*, scroll, scroll, scroll, Hemingway, *Der alte Mann und das Meer* … der Scrollbalken endet und ein Name, den ich noch nie gehört habe, schließt die Liste ab: Yourcenar, *Erinnerungen des Hadrian.* Nie gehört. Aber ‹Erinnerung› ist ein gutes Stichwort, das mir gleich Mut macht, aufzubrechen und die Feder zu schwingen.

«Plauke, das Internet ist fantastisch. Dieses Internet-Café, diese ehemalige Dönerbude. Die Maus hier …», schwelge ich und streichele dabei sanft über das graue Ei, wobei sich der Bildschirminhalt nach oben schiebt, «hat mir gerade meinen lang erhofften Funken zum Feuer machen geliefert.»

Ein Bahnhof-Blick, mehr nicht. Plauke scheint nicht zu verstehen, wie der Geistesblitz just in diesem Moment meine Gehirnzellen zum Tanzen bringt. Scheiß auf die Sozialstudie! Vergessen die langatmige Suche nach Geschichten, die sich gerade um diese Welt drehen. Diese Geschichten sind morgen schon Erinnerungen. Zerfließen in den Händen wie Wetter- und Staubberichte. Erinnerungen aber haften über Jahrhunderte, wenn nicht sogar bis in alle Ewigkeit, und vielleicht noch darüber hinaus.

«Ich muss jetzt gehen, Plauke, sorry, aber wenn ich jetzt nicht ganz schnell einen ruhigen Raum zum Schreiben finde, erlischt der Geistesblitz und es wird dunkel in meinem Schriftstellerleben. Also nix für ungut.» Den Satz noch nicht ganz ausgesprochen, erscheint schon wieder ein Bild von der Immerwilligen auf dem Bildschirm. Hat Plauke mich nicht gehört oder habe ich gerade nur einen inneren Monolog geführt? Tja, 20 Prozent können ganz offensichtlich nur schwer gegen 80 Prozent anstinken. Dann halt Tschüs. Und ehe ich mich versehe, schreite ich schon wieder die Hauptstraße der Südstadt entlang. Hassan und seine Kumpels grüßen freundlich von der gegenüberliegenden Seite. Lässig winke ich zurück.

Erinnerungen – meine Zellen tanzen Tango.

Raum zum Atmen und Raum zum Schreiben

Ein ruhiger Raum, alles, was ich brauche, ist ein ruhiger Raum und die Erinnerungen. Einen Stift, leere Blätter, die sich mit Erlebnissen füllen lassen. Ein Raum? Ein Raum? Schattenton, Schattcnton hat cincn ruhigcn Raum. Abscits vom Alltag. Einen Teich davor mit schweigenden Fischen, die mir nicht dazwischenquatschen, wenn der innere Dialog Erinnerungen austauscht. Beste Voraussetzungen für Buch 101. Warum nicht ...?

Wieder mal klemmt die morsche Holztür, ein Quietschen macht sich in der sonst so ruhigen Idylle breit.

«Wer ist da?», Schattentons Stimme klingt bedrohlich. Mit einem Ruck stehe ich vor Schattenton, der bewaffnet mit einem Spaten drohende Blicke aussendet. «Sag mal, Bowski, Klopfen ist so etwas wie ein Ersatz für Klingeln.»

«Ja, ja, tut mir leid, aber es ist dringend. Da sind selbst Türklopfer schon verschenkte Zeit», gebe ich zurück, schreite an ihm vorbei und bitte ihn, sich mit mir an den Tisch zu setzen. «Du musst mir Asyl gewähren, Schattenton.»

«Asyl? Ist dir die Bude abgebrannt?»

«In meiner Bude kann ich nicht in Ruhe an meinem Buch arbeiten», antworte ich ihm.

«Ach ja, genau, Herr Hemingway schreibt ja an seinem Roman. Willst du etwa hier am Teich das Nachfolgewerk von *Der alte Mann und das Meer* zu Papier bringen?», stichelt er und blickt dabei grinsend auf das trübe Wasser.

«Schattenton, ich habe jetzt endlich den nötigen Schwung und die Idee für mein erstes Buch?»

«Erstes?», fragt er mit ironischem Unterton. «Da kann die Welt wohl auf eine ganze Bowski-Bibliothek hoffen. Erstes klingt bei dir so, als würdest du das zweite gleich hinterherschieben.» Und wieder verbindet sein breites Grinsen Ohr links und Ohr rechts.

«Jetzt bleib doch mal einen Moment bei der Sache, Mann!» Voller Ungeduld erzähle ich im Schnelldurchlauf meine Erlebnisse der letzten Tage. Selbst die Begegnung mit dem geheimnisvollen Mann in Schwarz-Weiß gebe ich preis, halte da kurz inne und erwarte ein Grinsen, das sich jetzt einmal um 360 Grad um seinen Kopf wickelt. Aber nichts, anscheinend habe ich ihn jetzt in meinen Bann gezogen und er ist von meinem Vorhaben überzeugt. Als ich dann auf das Internet zu sprechen komme, die ‹80/20-Waage› der Unverständlichkeit und selbst die verschrobenen Brüste der Immerwilligen erwähne, unterbricht er mich doch.

«Kenne ich», sagt er nur und gibt mir mit einem Handwedeln zu verstehen, weiterzuerzählen.

«Kenne ich, kenne ich was? Das Internet?»

«Nein, das andere», und wedelt wieder mit seiner Hand zum Weitererzählen.

Kurz irritiert hole ich Luft, will mich jetzt aber nicht aus dem Erzählfluss bringen lassen, wer weiß, wie lange er noch fließt?

Als ich ihm dann die verschiedenen wichtigsten Bücher und Schreiber aufzähle, bekommt sein Gesicht wieder dieses blöde Grinsen. Er unterbricht mich aber nicht, sondern fuchtelt nur mit seiner Hand herum, die jetzt als Paddel für meinen Fluss dient. Schließlich gelange ich bei diesem unaussprechlichen Yource-was-weiß-ich an und verhaspele mich.

Schattenton fällt mir ins Wort und meint: «*Erinnerungen des Hadrian*, der Schriftsteller wird Yourcenar ausgesprochen, wobei er ‹nar› besonders betont. Er erwähnt nur noch kurz, dass es sich dabei um ein wichtiges Buch handelt, und wedelt wieder los.

Dass er Sachbücher über Computer verschlungen hat wie der hungrigste Mittelstandsamerikaner Hamburger, war mir geläufig, aber solche Bücher, bei denen man noch nicht mal den Schriftsteller aussprechen kann, ist mir neu. Wieder ergreife ich das Wort und komme endlich auf meine Idee zu sprechen.

«Ach so, du willst hier am Teich rumhängen und Tagebuch führen. Ja bitte, wenn's noch einen interessiert außer den Fischen hier, tu dir keinen Zwang an.» Sein Handwedeln verliert jetzt an Geschwindigkeit und stoppt kurz darauf gänzlich.

Schweigsam sitzen wir uns eine längere Zeit gegenüber, bis Schattenton irgendwann auf seine Armbanduhr blickt. «Jetzt wird es aber Zeit. Muss morgen wieder Erinnerungen wecken, wo die Decken sind, du weißt ja», sagt er und steht auf. Durch die Unterhaltung sichtlich ermüdet begibt er sich in seine Holzhütte. Entspannt lehne ich mich zurück, wünsche eine gute Nacht und blicke zum Himmel auf. Einzelne Sterne dringen durch die Abendwolken, die lautlos vorüberziehen. Diese Ruhe brauche ich, genau diese Ruhe.

Irgendwann erwache ich. Hundegejammer aus weiter Ferne. Stockfinster ist es, kalt und ungemütlich. Steifgefroren erhebe ich mich mühsam aus dem Holzstuhl, der ein leises Knarzen von sich gibt. Wie spät mag es sein? Irgendwann muss ich eingeschlafen sein. Irgendwann? Übermüdet trotte ich in die Hütte und suche blindlings nach den Decken in der Ecke, kuschele mich auf das Sofa, ziehe mir die Decken über den Kopf und schlafe ein.

Die Morgenlaune von Schattenton ist unüberhörbar. Es klappert, raschelt. Satzfetzen wie «Scheiß Wecker» und «Wo ist denn die scheiß Luftpumpe?» beleben die Hütte. Mit einem Auge verfolge ich einen sichtlich gereizten Schattenton, der sich bereit macht für den anstehenden Arbeitstag. Besser ich stelle mich schlafend, sonst bin ich gleich noch an der schlechten Laune schuld. Doch Pustekuchen, schon rüttelt Schattenton an meiner Schulter: «Ey Bowski, hast du die scheiß Luftpumpe irgendwo gesehen?»

«Luftpumpe?», gebe ich mit bleischwerer Zunge wieder. «Nee, Luftpumpe, keine ... nee, weiß ich nicht.»

«Ist schon kurz vor acht. Der scheiß Wecker! Und wenn ich jetzt zu Fuß gehen muss, bin ich wieder zu spät dran, das wäre schon das zweite Mal diese Woche. Ich meine, ist natürlich gut, dass meine Kandidaten das inzwischen schon nicht mehr wissen. Die haben es bereits vergessen, noch bevor es überhaupt passiert ist. Aber trotzdem, falls die mich mal kontrollieren, gibt es mächtig eins auf den Sack ... Ach scheiß drauf, ich bin weg.» Hastig verlässt er die Hütte. Das übliche Knarzen, dann fällt die alte Holztür ohrenbetäubend ins Schloss. Sogleich kehrt die Ruhe ein, nach der ich mich gesehnt habe. Mühsam sammeln sich meine Gehirnzellen zu den Morgengedanken. Aus allen Ecken kommen sie gekrochen und ein wildes Durcheinander findet zwischen meinen Ohren statt.

Kaffee und ein Brötchen, so stinknormale Gedanken entstehen da. Gedanken, die jeder morgens hat. Ich kann mich gut erinnern, dass ich gestern noch als Schriftsteller eingeschlafen bin. Einer, der sogar die Hundertergrenze überschreiten wollte. Doch statt Erinnerungen, die meinen ersten Roman füllen sollten, schwirren nur die Gedanken ums Frühstück in meinem Kopf umher. Kaffee und Brötchen, nicht gerade starker Stoff für einen Roman, der mit der *Blechtrommel* oder Goethes *Faust* die Regalbretter der Landesbibliothek teilen soll. Obwohl ... Blechtrommel? Dann könnte mein Roman ja genauso gut ‹Die Kaffeetasse› heißen. Etwas beruhigt kritzele ich den Vergleich auf einen Zettel. Wenn einer ein Buch über 'ne Blechtrommel schreiben kann oder ein anderer über 'ne Faust, dann werde ich doch noch zwischen zwei Buchdeckeln eine dramatische Story über 'ne Kaffeetasse schreiben können. Aber was für ein abschweifender Gedanke. Ich sollte erst mal frühstücken, dann wird sich das Kaffeetassendenken schon von selber erledigen. Wenn ich erst mal Kaffee getrunken habe, wird auch mein Schriftstellergeist wieder frei sein für einen wirklichen Bestseller. Ich habe doch nicht alle Tassen im Schrank, jetzt muss ich schon selber über mich lachen! Das genügt jetzt, ich erhebe mich fürs Frühstück.

In Schattentons Kühlschrank ist es schon mal nicht. Auch nach dem Öffnen sämtlicher Schränke ist das erhoffte Frühstück nicht auffindbar. Und von Gedanken werde ich nicht satt. Und von Gedanken ohne Milch und Zucker schon gar nicht. Mein erwünschter Ruhezustand wird jetzt penetrant von einem Magenknurren überschattet. Wenn ich nicht gleich auf eine geeignete Lösung komme, schmeiße ich mein Schriftstellerdasein über den Haufen. Sollen sich doch dann Typen wie Hemingway mit solchem Romanstoff auseinander setzen. ‹Der alte Mann und das Brötchen› klingt doch nach 'ner verdammt guten Story. Ach, ich glaube, Schattenton hat seine schlechte Laune einfach hier gelassen, und jetzt kann ich mit damit rumschlagen. Er sitzt bestimmt schön gemütlich mit seinen so genannten Kandidaten bei 'ner Tasse Kaffee und schraubt sich ein Frischgebäck nach dem nächsten rein.

Jetzt, bei all dieser Wut, wird mir erst mal klar, wie schwer so ein Schriftstellerdasein sein kann. Jetzt kann ich auch verstehen, warum Bukowski nur gesoffen hat. Der hatte weder Brötchen noch Kaffee im Haus, nur Bier oder Wein, oder beides. Aber selbst das ist hier in Schattentons Hütte nicht auffindbar. Ich könnte noch nicht mal ein versoffener Schriftsteller werden, hier in Schattentons Hundehütte. Selbst wenn mir danach wäre. Nix kann man hier werden. Nix, außer ein Schattenton, und das ist weiter entfernt von einem Schriftsteller als ein Ami vom Mond. Am liebsten würde ich Goethe die Faust zeigen und dem lieben Günter die Blechtrommel vor den Kopf hauen. Die haben mich doch mit Hunderterplatzierung erst mal dort hingebracht, wo ich jetzt sitze. In Schattentons Bretterbude mit knurrendem Magen. Die Schreibfuzzis, die.

Genervt verlasse ich fluchtartig das Grundstück, entschlossen, nach Hause zu gehen. Kaffee und Brötchen, dieser treue Gedanke folgt mir wortlos. Unterwegs überlege ich mir, ob ich es mit Malen probieren sollte. Mit Farben konnte ich schon als kleines Kind gut umgehen. Und wenn ich anfangs nur mit den Primärfarben arbeite. Ich muss ja nicht so weit gehen wie Van Gogh. Alles in Gelb und dann vor Verzweiflung mir ein

Ohr abschneiden. Da ein bisschen Grün, da ein bisschen Blau, dazwischen ein schönes Rot. Doch wie ich mich kenne, werde ich mich mit primär gar nicht zufrieden geben und sehe mich schon mit einem Ohr beim Arbeitsamt sitzen.

Nieselregen benetzt die Straße, auf der ich schreite, wandere, schleiche oder aufrecht krieche. Autos rasen an mir vorbei. In den Autos sitzt die arbeitende Bevölkerung, die es eilig hat. In alle Richtungen fahren sie. Fahren zu Arbeitsstellen, die es scheinbar überall noch geben muss. Nur meine ist sicherlich nicht dabei. Dieser unzerkaute Frustbrocken kommt wieder hoch, und so kaue ich angewidert auf ihm rum, bis ich endlich zu Hause angekommen bin.

Oben öffne ich den Kühlschrank. Noch ein Ei. Ich hätte auch gut und gerne keins mehr haben können, aber ich habe noch eines. Gelassen schiebe ich die Pfanne auf den Herd und drehe auf volle Pulle. Nur ein kurzer Moment, und aus roh wird gebraten und riecht auch gleich ganz anders. Den Instantkaffee rühre ich in einen Becher mit kaltem Wasser. Ich nehme beides und lasse mich auf das Sofa nieder. Esse das Ei und versuche auch, dem kalten Kaffee eine Köstlichkeit abzugewinnen. Auf jeden Fall nervt mich jetzt nicht mehr dieser dämliche Kaffeetassengedanke, und den Brötchengedanken habe ich mit meinem letzten Ei auch verdrängen können. Gelassen schließe ich die Augen.

Allmählich breitet sich die erhoffte Ruhe aus, die ja irgendwo gewesen sein muss. Unbeweglich lausche ich in den Raum hinein. So eine Stille habe ich schon seit Tagen, was sage ich, seit Wochen, seit Monaten nicht mehr erlebt. Irgendetwas war ja immer. Da brauche ich nur in meinen Erinnerungen zu graben.

Das fing doch schon mit diesem blöden Traum von der WEGZ des Ministeriums für Arbeit und Soziales an. Dann dieses hoffnungslose Gesuche nach Arbeit in dem Anzeigenblatt, dieses Dauerblödgequassel meiner Parkphilosophen, ganz vorne weg Robert Blocker, Senfmann und Biermann. Und dieser Swami, den jemand stundenlang ins Knie geschossen haben muss. Klaus-Dieter, oder wie hieß er noch gleich? Oder die Koslowskibrüder, die einen auf Schritt und Tritt vom Fenstersims aus beobachten. Aber nichts im Vergleich zu der stundenlangen Warterei auf dem Arbeitsamt. Und wofür? Um anschließend mit ein paar Hirnis Laub im Akkord vom Boden zu kratzen. Ein Typ, der gesessen hat, weil ein anderer gestanden hat? Oder wenn ich nur an die bescheuerte Geschichte über meinen vergessenen Schlüssel auf dem Küchentisch nachdenke und was ich deswegen alles durchmachen musste. Einen paranoiden Typen namens Karl musste ich ertragen, der aber eigentlich Gerd heißt. Seine Schwester, die genau genommen doch seine Tante ist, und der Vater, der als Muttererersatz diente oder so. Und wie sollte ich da Ruhe finden? Oder an Schattentons Teich, er mit seinen blöden Ideen. Glückauf-Kekse. Der Spinner! Er mit seinem demenzkranken Kriegsveteranen Herr Nelson. Mit seinen überzogenen Weltverschwörungstheorien. Oder der Typ in Schwarz-Weiß, der meinte, mir die Welt erklären zu müssen, genauso, wie es Biermann oder dieser Klaus Clever versuchten, mir das Internet schmackhaft zu machen, welches zu 80 Prozent von der Immerwilligen belegt zu sein scheint. Und zu guter Letzt darf ich nicht an diesen Hirnhirni von Schriftsteller denken, dem ich es letztendlich zu verdanken habe, dass ich hier seit Tagen versuche, selber so zu werden wie er. Dieser, wie hieß er noch gleich? Klenzmann, genau, Klenzmann hieß der Typ. Und was war da nicht noch alles in letzter Zeit?

Die Zeugen Jehovas oder dieser hässliche Engel vorm Arbeitsamt oder ...

Eigentlich genug spannende Storys für ein Buch, oder?

Ich setzte meinen Bleistift an und schrieb:

Zum Glück bin ich nicht schizophren, sonst müsste ich zweimal aufstehen...

Ende

Danksagung

Dieses Buch widme ich euch allen, weil ich glaube, dass jede Begegnung einen Sinn hat und förderlich fürs weitere Leben ist.

Besonderen Dank den Menschen, die mich auf welche Weise auch immer unterstützt haben.
Gelegenheitsgucker, Gelegenheitspartygäste, Kult A Fans und auch an meine konstruktiven Kritiker.

Mehr über Ulle Bowski
findet ihr auf der Homepage von Kult A:
www.kult-a.de

Muss man erst vom Dach fallen um Schriftsteller zu werden?

Ulle Bowski schon. Mit neuem Namen und neuen Zielen wird er Moderator seiner eigenen Online Sendung «Gelegenheits- TV». Er bringt vier Kinofilme über die Subkultur seiner Heimatstadt auf Großleinwand. Nun legt er seinen ersten Debütroman vor. «Der Eineuroman(n)».

Aufgeben oder weitermachen? Weitermachen und das mit den wichtigsten Mitteln die man hat, sich selber. Abseits von Strunz, Jaud und Co läutet Bowski eine neue Ära der Selbstironie ein.

«Auf der Suche nach sich selbst, ist der Holzweg nicht ausgeschlossen.»

Mit seinem neuen Projekt Kult-A MEISE arbeitet Ulle Bowski mit Quantentheorien an Ameisen – Patenschaften für Kult-A mit der so genannten Kult-M∗A∗trix Önerchie!

Wer mehr darüber erfahren oder sich dem Projekt anschließen möchte: www.kult-a.de